六畳間の侵略者!? 38

「コータロー、ちょっと」
「んー、どうしたー?」
「日焼けで水着の跡が出来ておるのじゃが、見たいか?」

「あたしだ！」
「私です！」
現る！？

「たっだいまー！」
3人目の早苗、

ウォーロードⅢ。
かつてエゥレクシスが使って
孝太郎達を苦しめた人型機動兵器。
今は『朧月』の格納庫にその姿があった――
「まさか俺がこれを使う事になるとは
思わなかった……」
「わたくしもです」

六畳間の侵略者!? 38

健速

HJ文庫
943

口絵・本文イラスト　ポコ

もくじ

キャラクター勢力図
笠《かさ》置《ぎ》静《しず》香《か》
孝太郎の同級生で
ころな荘の大家さん。
その身に
火竜帝アルゥナイアを宿す。
クラノ＝キリハ
想い人をついに探し当てた地底のお姫様。
明晰な頭脳によって
恋の駆け引きでも最強クラス。
地底人（大地の民）
里《さと》見《み》孝《こう》太《た》郎《ろう》
ころな荘一〇六号室の、
いちおうの借主で
主人公で青騎士。
松《まつ》平《だいら》賢《けん》治《じ》
孝太郎の親友兼悪友。
ちょっとチャラいが、
良き理解者でもある。
松《まつ》平《だいら》琴《こと》理《り》
賢治の妹だが、
兄と違い引っ込み思案な女の子。
新一年生として
吉祥春風高校にやってくる。
孝太郎の幼なじみ

ころな荘の住人
藍《あい》華《か》真《ま》希《き》
元・ダークネスレインボゥの
悪の魔法少女。
今では孝太郎と心を通わせた
サトミ騎士団の忠臣。
幽霊状態
魔法少女
（フォルサリア魔法王国）
虹《にじ》野《の》ゆりか
愛と勇気の
魔法少女レインボーゆりか。
ぽんこつだが、決めるときは決める
魔法少女に成長。
東《ひがし》本《ほん》願《がん》早《さ》苗《なえ》
孝太郎に憑りついていた幽霊の女の子。
今は本体に戻って元気いっぱい。
幽霊少女
ティアミリス・
グレ・
フォルトーゼ
青騎士の主人にして、
銀河皇国のお姫様。
皇女の風格が漂ってきたが、
喧嘩っ早いのは相変わらず。
ルースカニア・ナイ・
パルドムシーハ
ティアの付き人で世話係。
憧れのおやかたさまに
仕えられて大満足。
クラリオーサ・
ダオラ・
フォルトーゼ
二千年前のフォルトーゼを
孝太郎と生き抜いた相棒。
皇女としても技術者としても
成長中。
アライア姫
ナルファ・
ラウレーン
正式にフォルトーゼからやってきた留学生。
孝太郎達とは不思議な縁があるようで……？
桜《さくら》庭《ば》晴《はる》海《み》
二千年の刻を超えた
アライア姫の生まれ変わり。
大好きな人と普通に暮らせる今が
とても大事。
宇宙人（神聖フォルトーゼ銀河皇国）

いっぱいいっぱい!?

ころな荘一〇六号室

ROOM No.106
CORONA-SOU

空から来た少女　八月十日（水）

海へ遊びに行ってから既《すで》に数日が経《た》っていたが、孝太郎《こうたろう》達《たち》の話題は今もその時の事に関連するものが殆《ほとん》どだった。やはり海での二日間は、誰《だれ》にとっても印象深い出来事だったのだ。今もそうで、ティアは自分の服の襟《えり》に左手の指をかけつつ、右手で孝太郎を手招きしていた。

「コータロー、ちょっと」

「んー、どうしたー？」

ちゃぶ台で宿題をやっていた孝太郎が向かいのティアの方に目を向ける。するとやたらと楽しそうなティアの顔が視界に入ってきた。

「日焼けで水着の跡《あと》が出来ておるのじゃが、見たいか？」

ティアの肌《はだ》は全身がうっすらと茶色く日焼けしていた。だが水着の下にあった部分は日焼けせずに白いまま残っている。それがあまりにくっきりしていたので、気付いたティアは孝太郎に見せてやろうと思ったのだった。

「そういうどう答えても角が立つ質問はやめろよ」

そんなティアの言葉に困ったのが孝太郎だった。ここで見たいと言うのは、恋人《こいびと》でもない女の子に脱《ぬ》げと言うに等しい。逆に見たくないと言うと、女の子としてのティアに興味がないと言うに等しい。それはどちらを答えても駄目《だめ》という、正解が存在しない危険な質問だった。

「おほほ、その答えで正解じゃ」

だがティアは孝太郎のその反応を欲《ほっ》していた。要するに孝太郎を困らせたかっただけなのだ。ティアを女の子だと意識させる事が出来れば十分だった。

「あのなあ……………」

口では文句を言ったものの、孝太郎にも薄々《うすうす》分かっていた。自分が九人の少女達《たち》の中から恋人を一人選び、他《ほか》の八人を拒絶《きょぜつ》する事の難しさを。命懸《いのちが》けで好意を示してくれた少女達。誰もが孝太郎と支え合えると信じてくれている。そんな彼女《かのじょ》達を拒絶する事は、非常に大きな痛みを伴《ともな》う。果たして自分はそれに踏《ふ》み切れるのか――孝太郎は自分にそれが出来るとは思えなかった。

「じゃが自分の女の肌くらい、もっと安易に見て良いだろうにとは思うがの」

「俺《おれ》が嫌《いや》なんだよ、そういういい加減なのは」

孝太郎は少女達の多くを拒絶する事が出来るとは思えなかったが、だからといって九人全員を恋人として受け入れる訳にはいかなかった。それは命懸けで好意を示してくれた人達に対する行為《こうい》としては、あまりにも無責任に思えるからだ。これは大事な人が一気に九人出来てしまった事で生じたジレンマ。だから孝太郎は、少女達との関係はこれまで通り友達のままで良いのではないかとさえ考えている。今の孝太郎は、少女達が幸福になるのを眺《なが》める事が出来れば、それで満足だった。

「まあ、納得《なっとく》するまでやってみるがよい。わらわはそなたのそういう部分を愛しておる。わらわの騎士《きし》は、そういう人間なのじゃ。じゃからわらわはいつまでも待っておる。恐《おそ》らく、他の八人もな」

「………悪いな、融通《ゆうずう》が利《き》かなくて」

「まったくじゃ。ふふふ」

ティアは自身の服の襟から手を離《はな》すと、もう一度笑った。するとそれに誘《さそ》われたのか、近くで別の笑い声が上がった。

「あははは」

新しい笑い声の主は、二人のやりとりを見守っていた琴理《ことり》だった。

「コトリ?」

そんな琴理の笑い声に気付いたナルファが軽く首を傾《かし》げる。琴理とナルファは孝太郎同様に宿題の真っ最中だった。

「コウ兄さんらしいなあって思って。以前は冗談《じょうだん》半分に彼女《かのじょ》が欲《ほ》しいって言っていたくせに、いざそういう人達が現れてしまったら、ああやって困っている訳でしょう?」

恋人を欲しがっていた孝太郎なのに、実際にそういう相手が現れる事を全く想定していなかった。そんな事はないと思い込んでいたのか、あるいは最終的に拒絶するつもりでいたのだろう。それが覆《くつがえ》されて困っている孝太郎を見ていると、琴理は自然とお腹《なか》の底から笑いが溢《あふ》れてくる。それにはずっと心配していた事が解決したという安心感も大きく影響《えいきょう》していた。

「そういうお人だからこそ、海ではああいう事になったんでしょうね」

「私の事もきっとわざと怒《おこ》らせたんだろうなぁ……ナルちゃんを投げたりして、妙《みょう》だとは思ってたのよ」

賢治《けんじ》とは違《ちが》って、孝太郎は女の子と上手に付き合う方法を知らない。だからサプライズパーティ一つとっても、やり方が酷《ひど》く不器用になる。海での事も、今ここで起きている事も、問題の根源は同じだった。

「よいしょ、よいしょ」

そんな琴理とナルファの気持ちを知ってか知らずか、ティアは孝太郎の傍《そば》まで這《は》い寄っていくと、その隣《となり》に腰《こし》を下ろした。そして孝太郎に寄り掛《か》かるようにして漫画《まんが》を読み始める。

「………っと。これくらいならアリじゃろ？」

「まあな」

「腰に腕《うで》を回してくれるぐらいのサービスがあっても良いと思うのじゃが」

「………それぐらいならいいか」

きゅっ

「そなた、去年まではこれはやってくれなかったぞ？」

「少し前にさ、お前らが安易に命懸けで俺を救っちまったからな。全く何も返さないのもおかしいんだよ」

孝太郎はそう言いながらペンを置くと、右手の人差し指でティアの額を軽く弾《はじ》く。今は何も見えないが、彼女の額には赤い剣《つるぎ》の紋章《もんしょう》が刻まれている。その為《ため》に彼女達が犠牲《ぎせい》にしようとしたものの大きさを思えば、大真面目《おおまじめ》な孝太郎であっても、完全に何もしない訳にはいかないのだった。

「あれを安易だったと言うか、複雑だったと言うかは、意見が分かれるじゃろう」

「ああ。そして、それこそが問題なんだ」

「ふふふん」

「なんだよ？」

「なんでもない」

ティアは一旦《いったん》ちゃぶ台に漫画を置くと、自身の腰に回されたままの孝太郎の左腕《ひだりうで》を撫《な》で始めた。しばらく無言でそうしていたティアだったが、やがて孝太郎の左手を取って、そこに自身の右手の指を絡《から》めていく。そうしてから彼女は再び漫画を手に取った。

「…………読み難《にく》いだろ、漫画」

「うむ。ページをめくるのも一苦労じゃ」

「普通《ふつう》に読めばいいのに」

「これが普通なのじゃ」

「そうか」

「そうじゃ」

「…………お前、頭皮も日焼けしてるぞ」

「露骨《ろこつ》に話題を変えにきよったな」

ティアは再び漫画を手に取ったのだが、右手が孝太郎の左手と固く組み合わされているので、ティアは左手だけで漫画を読まねばならない。だがティアはその苦労を、少しも気にしていないようだった。


まだ夏休みの途中《とちゅう》なので、一〇六号室には様々なタイミングで新たな人間が姿を現す。キリハが帰って来たのは午後四時を回った頃《ころ》だった。その頃には孝太郎も宿題のノルマを済ませていて、ティアと一緒《いっしょ》に漫画を読んでいた。

「……………これはまた、なんとも複雑な本の読み方をしているな」

孝太郎の左手とティアの右手は今も組み合わされたままで、孝太郎の右手とティアの左手で一冊の漫画を持って読んでいる。パッと見、不便そうだった。

「ホレみろ、キリハさんもああ言ってるだろ」

「そなたももう慣れたであろう。意地悪を言うでない」

「…………仲が良いのは結構な事だ」

キリハは孝太郎とティアのやり取りからおおよその事情を察すると、笑顔《えがお》で六畳間《ろくじょうま》に入ってくる。そして自身もちゃぶ台の席に着くと、お茶を淹《い》れ始めた。

「その様子だと、今日の会議も大分もめたようじゃの」

ティアは漫画を読む手を休め、キリハに笑いかける。そのキリハは急須《きゅうす》で茶葉を蒸《む》す間に、肩《かた》や首の関節を動かしていた。ティアはその様子から、キリハの苦労を読み取ったという訳だった。

「うむ。やはり実務レベルの協議だと議題が多くなる」

「もうすぐやってくる留学生、ラルグウィンの一派にグレバナスの復活。決めなきゃならない事が多過ぎるんだ。しかもみんな困った時のキリハさん頼《だの》みときた」

「それが分かっておるなら、肩の一つでも揉《も》んで来るのじゃ」

「なら手を放せよ」

「む～」

ティアはここでようやく孝太郎の手を放した。それからティアは両手で漫画を持ったのだが、結局は漫画を閉じてちゃぶ台の上に置いた。

「キリハさん、どこのマッサージが欲しい？」

「うむ………やはり肩かな」

「それは助かる」

孝太郎はキリハに背後から近付くと、彼女の肩を揉み始めた。男女であっても友人同士であれば肩を揉むくらいは特に問題はない。それに服の上からという事もあって、真面目《まじめ》な孝太郎でも心理的な抵抗《ていこう》感は小さかった。

「あれ？　これって……」

しかも孝太郎はすぐにある事に気付き、照れたりしている場合ではなくなった。

「どうした、里見《さとみ》孝太郎」

「キリハさん、駄目だよこんなになるまで放っておいちゃ」

孝太郎が気付いたのはキリハの肩の状態が悪いという事だった。孝太郎は早苗《さなえ》ほどではないが霊力《れいりょく》を扱《あつか》える。だから直接キリハの肩に触《さわ》った段階で、血行の悪さに気が付いた。血行が悪ければ身体《からだ》の活動が弱まるから、そこから生じる霊力も弱まるのだ。

「済まない、忙《いそが》しくてつい……」

「いつも自分の問題は後回しなんだからもう……これからは調子が悪かったら俺か早苗に言うんだぞ」

普段《ふだん》の孝太郎がキリハへ向ける言葉は優《やさ》しい。だがこの時は少しきつい言い回しになっていた。これはキリハを心配すればこそだった。

「面目《めんぼく》ない。今後はそうさせて貰《もら》う」

キリハもそれが分かるから、いつになく真面目に詫《わ》びていた。キリハにも流石《さすが》に真面目に心配してくれている人を茶化《ちゃか》す趣味《しゅみ》はない。それに背中向きなので、変に茶化すと誤解が生じやすいという事情もあった。

「まったくもう……………」

孝太郎はキリハの肩を揉みながら、いつも早苗がやるように、手の平からキリハの肩に霊力を送り込む。早苗がやるほどではないかもしれないが、これで少しはキリハの肩の血行はよくなる筈《はず》だった。

「ふふ」

不意にティアが笑う。孝太郎とキリハがそちらに目を向けると、ちゃぶ台に両肘《りょうひじ》をついたティアがにやにや笑いながら孝太郎とキリハを見つめていた。

「なんだよ?」

「気付いておるのか、コータロー? 去年のそなたは、今やっているような事も、避《さ》けておったのじゃぞ?」

「………さっきも言ったろ。何もしなさ過ぎもおかしいんだって」

かつての孝太郎は、似たような状況《じょうきょう》になっても少女達の肩を揉んだりはしなかった。特別な事情が無ければ、少女達同士で解決するように言うのが普通だった。その頃はそれが正しいと思っていたのだ。だが最近はそうではなくなりつつある。最近の孝太郎は、少女達がしてくれた事の何分の一かは返してやらねば筋が通らないと考えるようになっていたのだ。

「だがその割に、未《いま》だに肩以外にはなかなか触《ふ》れてくれないな、里見孝太郎」

「馬鹿野郎《ばかやろう》っ、そんな事をしたら妙な事になるだろうが！」

この時、孝太郎は大真面目で強めに否定した。

「……安心した」

だがそれを聞いたキリハは何故《なぜ》か目を細め、とても嬉《うれ》しそうに微笑《ほほえ》む。だから驚《おどろ》いたのは逆に孝太郎の方だった。

「えっ？」

「汝《なんじ》の感情が手の平から流れ込んで来ている。だから……安心した」

「ウッ」

孝太郎は霊力を使ってキリハをマッサージしている最中だった。しかも自分の霊力を注いで、キリハの霊力の流れを正そうとしている訳なので、どうしても孝太郎の感情が幾《いく》らかキリハに伝わってしまっていた。だから彼女は安堵《あんど》し、微笑むのだ。孝太郎が口で何を言おうと、同時に感情が伝わっている訳なので、言葉には大した意味はないのだった。

「おっ、俺は別に、何もだな」

「そうだな。きっと我の勘違《かんちが》いだろう」

「あ、ああ……………」

けれどキリハはそれ以上の追及《ついきゅう》はしなかった。キリハは自分が愛してやまない人間の立場を守りたい。思い切り困らせるのは、二人きりの時だけで十分なのだから。

孝太郎による肩揉《かたも》みが終わると、キリハは台所で夕食の支度《したく》を始めた。孝太郎のおかげで肩が軽くなったキリハは、包丁でリズムよく食材を刻んでいる。その音が誰の耳にも楽しげで幸せそうに聞こえるのは、決して勘違いではないだろう。

「新妻《にいづま》が楽しそうに夕食を作ってるわねぇ………」

というのは静香《しずか》の弁だ。他の少女達も多かれ少なかれ似たような印象を抱《いだ》いていた。

「ベルトリオンはキィにだけ、やたらと甘《あま》いのですわ」

「そーかなー。なんだかんだで一番甘いのは、メガネっ子に対してじゃない?」

「私もぉ、最近まではそう思ってたんですけどぉ、今の里見さんは違う人に一番甘いと思いますぅ」

『違う人？』

クランと早苗の声が揃《そろ》い、同時にゆりかに視線が向いた。その視線に応《こた》え、ゆりかは自分の背後を指し示した。

「ナナさんですよぅ。ちょっと前からぁ、そんな気がしますぅ」

ナナはゆりかの背後で幾つか図面を広げ、孝太郎と何事かを話し合っていた。二人は集中しているようで、ゆりか達が自分達を見ている事には気付いていないようだった。

『………この場所から侵入《しんにゅう》出来るのはナナさんだけですって。俺は鎧《よろい》が引っかかって絶対に無理です』

『ぬー、この年で子供扱いされると傷付くんですけど』

『そんな話はしていないですって。ナナさんは立派な大人ですよ』

『………それはそれで寂《さび》しいんですけど』

『俺にどうしろって言うんですか』

『そうねぇ、私も一応女の子だし………内面や、出来れば外面も褒《ほ》められたりすると嬉しい………かな？』

『ナナさんは可愛《かわい》いから、エアダクトを通れます』

『ああっ⁉　子供扱いされた気がするっ‼』

『貴女《あなた》は俺にどうして欲しいんですかっ！』

既に六畳間にいる人数が多いので、孝太郎とナナは肩を寄せ合うようにして同じ図面を覗《のぞ》き込んでいる。そうやって二人が話し合う様子はまるで仲良しの兄妹《きょうだい》――――実際はナナの方が年上だが――――であるかのようで、少女達には少し前にゆりかが口にした言葉は正しいように感じられていた。

「確かにナナにはやたら甘いようですわね、ベルトリオンは………」

「ティアちゃん以上にぃ、若く見えるのがぁ、影響している気がしますぅ」

「どう見ても小学生か中学生じゃからのう………」

ナナは孝太郎達よりも年上だ。だがその背は極端《きょくたん》に低く、顔つきも幼さを感じさせる。ティアが言う通り、どう見ても小中学生だった。

「私は海で何かあったんだと思うわ、あの二人」

静香がその言葉を口にした途端《とたん》、少女達の視線が一斉《いっせい》に静香の方を向く。それは軽く聞き流す事が出来ない、非常に重い意味を持っていた。

「それに準備でもこっそり会ってたって言うじゃない？　そういうのが仲良くなるきっか

けになったんじゃないかしら」

「……………あり得ますわね………」

「でもまあ、ナナさんなら良いかなぁって気がしますぅ」

「ナナもどちらかというとわらわ達と同じタイプじゃからのう。恵《めぐ》まれた幼年期とは言い難い人生を送ってきておる」

普通なら大好きな男の子が別の女の子と仲良くしていれば色々と思う所があるが、ナナが相手の場合は共感する部分が多く、少女達には対抗心《たいこうしん》が湧《わ》かなかった。それにナナの場合は身体の半分ほどが機械に置き換《か》わっているという問題もある。ナナが本気で愛せる相手が、この先何人現れるかと考えると、孝太郎と仲良くしているのを止めようという気にはならない。少なくとも孝太郎なら本気で好きになっても大丈夫《だいじょうぶ》だよね、というのが少女達の正直な感覚だった。

『えっと、それで何の話でしたっけ？』

『エアダクトから入る話ですよ、可愛いナナさん』

『………意外と意地悪なところありますよね、里見さんって』

『ナナさんは意外と可愛いところがあります』

『んも〜〜〜、分かっててわざとやってるでしょうっ⁉』

『はい』

『里見さぁんっ!! もぉ〜〜〜』

冗談《じょうだん》抜《ぬ》きに、この時のナナは可愛かった。それはまるで、かつて置き去りにした幼年期を取り戻《もど》そうとしているかのようでもあった。

「みんな、そろそろ夕食が出来るから――って、どうした？」

だから少女達はキリハが夕食が出来たと告げに来る時まで、ぼんやりと孝太郎とナナのやり取りを眺めていたのだった。

六畳間の片付けが済み、夕食の時間になる頃には、一〇六号室にはいつもの面々が帰ってきていた。孝太郎と少女達で十人、最近はそこにナルファが加わる事が多い。そしてこの日はナナもいたので、総勢十二人。一〇六号室は今日も満員だった。

「ゆりかちゃん、ちゃんとお野菜も食べないと駄目よ？」

「はぁい。ちゃんと食べますぅ」

「そういうナナさんは好き嫌《きら》いは無いんですか？」

「その辺りは私も軍人上がりだから、何でも食べますよ」

普段は孝太郎の隣には早苗が座《すわ》っている事が多いのだが、この日は少し前まで孝太郎と仕事の話をしていたナナが座っている。そして自然とそのままお喋《しゃべ》りも続いていた。

「だから多分、真希《まき》さんも好き嫌いありませんよね？」

「はい。何でも食べられます。私もサバイバル訓練はやっていますから」

「その意味じゃ、ゆりかが好き嫌い多過ぎるのか。軍属なのに」

「向いてないんですよぅ、サバイバルはぁ」

「ただ……ナナさんは好き嫌いはないけれど、食べる量そのものが少ないですよね」

「里見さん、この身体で大食いだと問題ありませんか？」

「だから育たないんですよ」

「私はもう大人です！」

しっかりしていて優秀《ゆうしゅう》な人だなぁ、それが孝太郎のナナに対する第一印象だった。だが時間が経つにつれてその評価は変わりつつある。今の孝太郎のナナに対する印象は、もしかしたら意外と見た目通りの子かもしれない、というものだった。彼女のしっかりした言動の陰《かげ》に、少女らしい部分がちらちらと覗いている事が分かってきていたのだ。

「里見さんは私の事を一体――って、あらっ？」

もちろん既に成人しているナナなので、時折孝太郎が子供扱いする事には不満があった。この時もそうで、彼女は孝太郎に抗議《こうぎ》しようとした訳なのだが、その言葉は途中で止まった。

「どうしました?」

「それが……右手がなんだかおかしいの」

「右手?」

そう言われた孝太郎は、ナナの右手に目を落とす。するとナナは孝太郎に見易《みやす》いように手を持ち上げてくれる。ナナは孝太郎の左側に座っているので、そうすると彼女の手は孝太郎の目の前にやってきた。

「見た目はいつも通りみたいですけど」

「何だか動きが不自然なんです。じゃりじゃりするというか……」

ナナはちゃぶ台に茶碗《ちゃわん》と箸《はし》を置くと、右手で拳《こぶし》を作ったり、開いたりという動作を繰《く》り返す。その動作は孝太郎には普通に動いているように見えるのだが、当のナナには不自然に感じられるようだった。

「クラン」

「分かってますわ。ちょっとこれお願いしますわね」

孝太郎がクランを呼び寄せると、彼女はお皿とお箸を孝太郎に押《お》し付け、腕輪《うでわ》に内蔵されているコンピューターを弄《いじ》り始めた。

「ナナ、一旦《いったん》右腕《みぎうで》の動作を止めますわね？」

「はい、よろしくお願いします」

不意にナナの右腕の動きが止まり、力なくだらりと垂れ下がる。彼女の右腕は精巧《せいこう》な義手だ。クランがその動作モードをメンテナンスモードに切り替《か》えたので、動かなくなったのだった。

「………うーん、システム的には異常は報告されていませんわね。パルドムシーハ、どう思いまして？」

「神経系のデータを見ると、ナナ様の仰《おつしや》る通りのようです。僅《わず》かにですが、普段とは違うフィードバックがあるようです」

クランはルースと協力してナナの右腕を調べ始めた。ナナの人工四肢《しし》のシステムを作った二人なので、修理はお手の物だった。

「クラン、ホレ。冷めちまうぞ」

孝太郎はクランから受け取った皿と箸を使って、彼女の口元に食事を運んでやる。普段の孝太郎なら行儀《ぎょうぎ》が悪いのでやらないのだが、流石に誰かの為に頑張《がんば》っているのに食事が冷めてしまうのは可哀《かわい》そうだという判断だった。

「あむ」

するとクランは素直《すなお》に孝太郎が差し出した餃子《ぎょーざ》にかじりついた。今日のメインディッシュはキリハの手作り餃子だった。

「ぱりゅまちょ、ぺるぽろぴん」

「意味は分かるが、飲み込んでから喋れ」

「ぽぴ」

それから孝太郎は何度かクランの口元に餃子を運んでやった。向かい側の席では同じ事をティアがルースにやってやっていた。そんな四人の様子がとても面白《おもしろ》く感じられ、ナナは思わず吹《ふ》き出してしまった。

「ふふふっ」

「ん？」

そんなナナの笑い声に誘われて、孝太郎の視線がナナに向く。するとごく自然に孝太郎とナナの視線が合った。ナナは微笑んでおり、その瞳《ひとみ》には優しげな光が宿っている。そして孝太郎はそこで、今はナナの右手は動かないという事を思い出した。

「ホイ」

だから孝太郎は、今度はナナの口元に餃子を差し出した。彼女が何を考えているのかは分からなかったが、試《ため》しにやってみる事にしたのだ。

「里見さ——」

ナナは目を丸くして動きを止めた。だがそれも一瞬《いっしゅん》の事。

「——あむっ」

ナナは再び目を細めて微笑むと、差し出された餃子を頬張《ほおば》った。幼さが残る顔立ちのナナがそうやって食べていると、本当に子供のように見える。自然と笑顔になる孝太郎だった。

「んくっ………また、子供扱いしているでしょう?」

孝太郎が笑った事に気付いたナナは、餃子を飲み込むと軽く眉《まゆ》を顰《ひそ》める。もちろん孝太郎は慌《あわ》てて首を横に振《ふ》った。

「いえ、滅相《めっそう》もない。ナナさんは可愛いなぁって」

「子供みたいで?」

「はい………って、いえいえ、そんな事は決して」

「どうだかっ」

だが不幸にしてナナは疑惑《ぎわく》を深めたようで、へそを曲げて拗《す》ねてしまった。それがなおの事子供っぽかったのだが、孝太郎はそこには触れない事にした。

ナナの右手の修理は三十分ほどで終わった。取り替えるパーツがあったので若干《じゃっかん》時間がかかったものの、修理そのものは特に問題なく終わった。修理後にナナは再び右手を握《にぎ》ったり開いたりという動作を繰り返してみたが、違和感《いわかん》はなくなっていた。すっかり元通りだった。

「ありがとうございます、クラン殿下《でんか》、ルースさん」

「この程度、礼には及《およ》びませんわ。アフターサービスの一環《いっかん》でしてよ」

「何か問題がありましたら、すぐにご連絡《れんらく》を」

「はい、ありがとうございます」

ナナは改めて二人に礼を言うと、深々と頭を下げた。幼く見えてもそこはやはり大人。軍隊育ちである事も手伝って、ナナは礼儀《れいぎ》正《ただ》しかった。それが済むと、ナナは背後に向き直った。

「お待たせ、ゆりかちゃん、真希さん。そろそろ行きましょうか」

「はぁい」

「分かりました」

ゆりかと真希は一緒に宿題をやっていたのだが、ナナに声をかけられるとパタンと教科書とノートを閉じた。これから三人で出掛《でか》ける事になっていたのだ。

「うみゃ～」

すると真希の膝《ひざ》の上にごろすけがよじ登っていく。ごろすけは自分も真希と一緒に行くつもりでいるのだ。ごろすけは真希に置いて行かれまいと必死だった。

「遊びに行くんじゃないのよ、ごろすけ」

「なうー」

「パトロールに行くんだから、ここでみんなと待っててちょうだい」

真希とゆりか、ナナの三人はこれから町内のパトロールに出掛ける事になっていた。彼女達の主な任務は一〇六号室の防衛だが、レインボゥハートの基本的な任務として魔法《まほう》の私的な利用や魔法絡《まほうがら》みのトラブルを防ぐというものがある。その為のパトロールが不定期に行われていた。

「連れて行ってあげましょ。真希さんの事が心配なのよ」

「いざという時はぁ、あのキャリーバッグを使えば良いじゃないですかぁ」

ナナとゆりかはごろすけの味方だった。真希に置いていかれそうな気配を察して心細そうにしているごろすけが可哀そうだと思っていたのだ。

「仕方ないわねぇ………良い子にできる、ごろすけ？」

「みゃっ！」

「それじゃあ、一緒に行きましょうか」

「うみゃみゃっ！」

夜でもあるし、パトロールをする数時間ぐらいはごろすけを留守番させようと考えていた真希なのだが、最終的には連れていく事にした。結局のところ、真希もごろすけには甘いのだ。

「ナナさん、そろそろ許して下さいよ」

そうして部屋を出ていこうとした彼女達―――主にナナに、孝太郎が声をかけた。

「し・り・ま・せ・んっ」

しかしナナは露骨にそっぽを向くと六畳間から出て行ってしまった。ナナは孝太郎に子供扱いされた事をまだ根に持っているのだ。

「里見さぁん、ナナさんがここまで怒るのって珍《めずら》しいんですよぉ？」

「帰ってくる頃には許してくれてると助かるんだが………どう思う、ごろすけ？」

「にゃっ！」

とととっ

ごろすけはナナを追って走っていく。その様子を見た真希は笑う。

「とりなしてくれるつもりみたいですよ」

「あいつの活躍《かつやく》に期待するか。………行ってらっしゃい、藍華《あいか》さん」

「はいっ」

そうして真希達はパトロールに出掛けていった。このパトロールは空振《からぶ》りに終わる事が多い。そもそも日本にいる魔法使《まほうつか》いの数は少なく、しかもその中で魔法を悪用する者は更《さら》に少ない。だから警察のパトロールよりもずっと、事件への遭遇《そうぐう》率は低かった。検挙が目的というより、パトロールをしているという事実そのものによって、事件を抑止《よくし》する事が目的なのだ。だからこの日もパトロールは空振りになる筈だったのだが、不思議とそういう事にはならなかった。

真希達がパトロールに出掛けた後、孝太郎は新しいボードゲームを開封《かいふう》した。予《あらかじ》め軽く遊んでみて、全員で遊ぶ時にルールで悩《なや》まずに済むようにする為だった。

「孝太郎、結構沢山《たくさん》コマがあるよ」

　ガサガサ
早苗がプラスチックのコマが沢山入ったビニール袋《ぶくろ》を振る。ゲームに使うコマの量としてはかなりのものだった。

「どうやらそのコマ、ゾンビの群れらしいぞ」

「じゃあ、みんなでゾンビの群れをやっつけるんだ？」

　静香が問題のビニール袋に顔を近付ける。すると確かにぼろぼろの服を身に着けた人間が——つまりゾンビが——沢山《たくさん》詰《つ》め込まれていた。

「そうではなく、各プレーヤーは理想のゾンビ村を作るみたいです」

「それでタイトルが『じょうぶつのもり』って言うんですね」

　晴海《はるみ》はボードゲームの箱を裏返して、そこに書かれているゲームの概要《がいよう》を読んでいる。

　確かに孝太郎の言う通りで、村作りがテーマのゲームであるようだった。

　この時、孝太郎と一緒にちゃぶ台を囲んでいたのは早苗、静香、晴海の三人。彼女達《たち》は興味津々《きょうみしんしん》といった様子で孝太郎が開封したボードゲームの内容物を眺めている。ちなみにティアやルース、キリハといった面々も一〇六号室にいるにはいるのだが、彼女達はコンピューターや書類を覗き込んで難しい顔をしている。やっている事は似ているが、こちらは仕事だった。

「村を作るのか……ゾンビの割に平和的なゲームなのね」

「それが大家さん、時々人間が攻《せ》めてくるみたいです」

「村を作って、人間をやっつけるゲームなんだ⁉ 斬新《ざんしん》‼」

「ゾンビと人間の戦いか……キャラクターが可愛い感じで良かったです」

孝太郎が開封したボードゲームは『じょうぶつのもり』という、終末世界での生き残りをテーマにしたゲームだった。各プレイヤーはそれぞれにゾンビ村を作るのだが、そこには時折他《ほか》のプレーヤーが操《あやつ》る人間達が攻めてくる。それをしのぎ、多くの人間を撃退《げきたい》したプレーヤーが勝利するというゲームだった。

「プレーヤーは四人から十二人までって書いてあります」

「私達が遊ぶのに丁度いい数ですね」

晴海がそう言って笑う。今の一〇六号室の住人は十人。これに一〇五号室のナルファとその友達の琴理を合わせると十二人。全員で遊べるゲームだった。

「オススメは五人らしい。攻防《こうぼう》のバランスが一番良いって書いてある」

「理想はそうでも、試しに遊んでみる分には、この四人で問題ないんじゃない？」

ゲームの仕様上は五人がベストなのだが、今は四人しかいない。とはいえ四人でも遊べるので、静香はとりあえずはこれでいいだろうと考えている。これは孝太郎も同感だった。しかしここで早苗が自信満々の笑顔を見せた。

「大丈夫、早苗ちゃんにお任せなのです！　えいやっ！」

　ぽふっ
「これで五人！」

　早苗は自分の魂《たましい》の中から強引《ごういん》に『早苗さん』を分離《ぶんり》、一〇六号室に呼び出した。これで問題解決とばかりに、『早苗ちゃん』は自慢《じまん》げに胸を張っていた。

『さっ、早苗ちゃん、いつも言ってるじゃない！　急に出さないでって！』

「どうせ出すんだったら急も何もないでしょーが」

『心の準備ってものがあるんだよ！』

「もー、めんどくさいなぁ………」

　二人に分かれた途端、『早苗ちゃん』と『早苗さん』は口論を始めた。一見二人に分かれているように見えても、実際には魂を共有している二人。だがこの様子からすると、二人でゲームに参加するのは問題なさそうだった。

「………いつ見ても器用な奴《やつ》だなぁ………」

一つの魂に二つの心、情報をあえて共有しない事で早苗は二人の人格を同時に存在させている。それは到底人間業《とうていにんげんわざ》とは思えない行為《こうい》なのだが、早苗は楽しそうに、簡単そうにやっている。だが孝太郎は自身も多少霊能力《れいのうりょく》を扱えるので、その凄《すご》さが分かる。だから見る度《たび》に感心させられるのだった。

「ふふふ、そうは言っても、里見君はもし東本願《ひがしほんがん》さんが分身出来なくなったら、それはそれで寂しいんですよね？」

「それは、まあ……」

「やっぱり里見君は桜庭先輩《さくらばせんぱい》には敵《かな》わないのねぇ……」

「さ、ゲームを始めましょう」

「あ、孝太郎露骨《ろこつ》に話題を変えた！」

『話題を変えようとしてるのは早苗ちゃんでしょう！』

それから孝太郎達《たち》は五人でゲームの準備を始めた訳なのだが、いざゲームを始めようという時になって、それは起こった。

「たっだいまー！」

それは聞き慣れた、よく知っている人物の声だった。

「ん？　えっ？」

だが孝太郎は戸惑《とまど》った。状況的《じょうきょうてき》にあり得ない位置からの声だったのだ。そうして孝太郎が戸惑っているうちに、その声の主は六畳間に飛び込んできてしまった。

「東本願早苗、恥《は》ずかしながら帰って参りました！」

それは三人目の早苗だった。彼女《かのじょ》はいつも通りの芝居《しばい》がかった口調でそう言うと、元気な笑顔でブイサインを作る。それはどこからどう見ても早苗だった。そしてだからこそ一〇六号室は大混乱に陥《おちい》った。

三人目の早苗が六畳間に飛び込んできた時、一番驚いていたのは当の早苗だった。

「あたしだ！」

『私です！』

予想外のところから三人目が飛び出してきたので、二人とも絶句していた。

「どういう事だ早苗、遂《つい》に三人目を出す技を身に付けたのか？」

孝太郎達は早苗の非常識には慣れていたので、どうせ三人目を出す方法を捻《ひね》り出したんだろうぐらいの驚きしかなかった。

「どうやら知らないうちに三人目を出せるようになった模様です」

『違《ちが》いますよ！　あれは全く別の――――ええと、表現が難しいんですけど、私達《たち》とは別の私です！』

「でもあれもお前なんだろう？」

「うん。それは間違《まちが》いない」

『でも私達みたいに分身している訳じゃないんですよっ！』

「何ぃぃぃぃっ!?」

孝太郎が本格的に驚いたのは『早苗さん』が必死に状況を伝えた後の事だった。いつもの二人とは違う早苗が、どこからか湧いて出た。それを理解した孝太郎は、他の少女達と一緒になって大混乱に陥った。これは仕事をしていた面々もそうで、流石の彼女《かのじょ》達も仕事どころではなくなっていた。

「サッ、サナエ様、一体どこからおいでになったんですかっ!?」

「どこって、それはココからだよ」

「わらわ達が知らない場所に、また新しい身体があったとか、そういう事か!?」

「ううん、そうじゃないよ。これはそっちのあたしと同じ身体だもん」

「では未来からタイムトラベルしてきたとかでしてっ!?」

　クランは自身の経験から、タイムトラベルを想像した。よく見ると三人目の早苗は少し大人びた印象であったから、自然とその想像にいきついたのだ。その想像は良いところまで来ていたのだが、残念ながら三人目の早苗は首を横に振った。

「それもちょっと違う。なんて言えばいいんだっけ？」

「俺《おれ》に訊《き》くなよ」

「そーだった。えーとねぇ………」

　三人目の早苗自身もどう説明したら良いのかが分からない様子で、腕組《うでぐ》みをして考え込んでしまう。これ以上は彼女の説明を待たねばならない訳なのだが、孝太郎はこれまでのやり取りから、この三人目の早苗が早苗である事だけは間違いないらしいと考えるようになっていた。その言動や気配が、あまりにも早苗そのものであったからだった。

　――どこかからやってきた、もう一人の早苗、か………。

　疑う気持ちはない。孝太郎の感覚が、彼女は紛《まぎ》れもなく早苗だと感じていた。ただクランと同じく、どこか大人びた印象がある事は感じている。孝太郎はそこに少しだけ、不安を感じていた。早苗が大人にならなければならない事情は、あまり想像したくはなかったからだった。

「ただいまですぅ！　ああっ、真希ちゃんやっぱりここに居ましたよぉっ！」

「良かった！　急に飛んでっちゃうからどうしようかと！」

「ともかくややこしい事になる前に見付かってよかったわ！　まぁ、ここのみんなは大混乱みたいだけど……」

　そこへパトロールに出ていた三人が戻ってきた。実はこの三人が、最初に三人目の早苗を見付けたのだ。

「あ、お帰りみんな！」

「お帰りじゃないわよ……急にいなくなって心配したのよ？」

「ごめん、ナナ。みんなに会いたくなっちゃって……」

「気持ちは分かるけど、状況が状況なので、次からは慎重《しんちょう》にね？」

「ウン。気を付ける」

　戻ってきた三人は、三人目の早苗の姿を見付けて安堵していた。そしてその時の様子から、孝太郎はこの三人なら事情を知っているのではないかと考えた。そこで孝太郎はナナに話しかけた。

「ナナさん、これはどういう事なんですか？　この早苗は一体？」

「私もまだきちんと理解出来ている訳ではないんだけど、ここにいる東本願さんは、どうやら別の世界からやってきたようなの」

「別の世界だってぇっ⁉」

　今の早苗は霊能力が強過ぎるので、彼女の周りでは日常的に非常識な現象が起こる。だから孝太郎も非常識には慣れっこであったのだが、流石の孝太郎も別の世界からやってきたという言葉には驚愕《きょうがく》せずにはいられなかった。


　ナナと真希、ゆりかの三人がパトロールをしていると、三人目の早苗が強い光に包まれてまるで流星のように空から落ちてきた。この時にも三人目の早苗は事情の説明を試みたのだが、要領を得なかった。だが彼女はそこである事を思い出した。こういう時に備えて事情を説明する手紙を預かってきていたのだ。

「それがこの手紙ですか？」

「ええ。そして私達三人がこれを読んでいる間に、彼女が居なくなってしまって」

　孝太郎はナナが差し出している手紙を受け取った。それはナナが言う通り、既《すで》に開封されていた。そして三人がこの手紙に気を取られている間に、三人目の早苗が一〇六号室へ来てしまった、という状況であるらしい。そしてそのおかげで、ナナは孝太郎に対する怒りを忘れてしまったようだった。

「ありそうな話だ」

「えへへへへ〜」

「褒めてないぞ」

「うん、知ってる」

　孝太郎は三人目の早苗の屈託《くったく》のない笑顔《えがお》を見た後、受け取った手紙の宛名《あてな》を確認《かくにん》した。そこには『里見孝太郎様、ならびにご友人の皆様《みなさま》へ』と書かれている。それを見た直後、孝太郎はキリハを見た。

「キリハさん、ちょっと来てくれ」

「どうした?」

「この字を見てくれ」

　孝太郎は近付いてきたキリハに手紙を差し出す。当初キリハは不思議そうにしていたのだが、受け取った手紙の宛名を一瞥《いちべつ》すると納得《なっとく》した様子で大きく頷《うなず》いた。

「我の字だ」

「そうだよな、俺にもそう見える」

「間違いない。だが我にはこんな手紙を書いた覚えはない」

キリハは孝太郎が呼んだ理由には納得したが、ここで新たな問題が生じた。間違いなくキリハの筆跡《ひっせき》だが、彼女にはこんな手紙を書いた覚えがない。キリハは不思議に思いながら手紙を孝太郎に返した。

――自分からの覚えのない手紙といえば、あの手紙もそうなのだが……謎《なぞ》を解く手《て》掛《が》かりになれば良いが……。

この時、彼女は四月の半ばに届いた手紙の事を思い出していた。その手紙もまた彼女自身によるもので、そこには四月五日に記《き》憶《おく》が一部改変されたと書かれていた。だが詳細《しょうさい》は現在に至るまで明らかではなく、キリハを悩ませる難題の一つだった。だから今回の手紙がその謎を解く手掛かりになるのではないかと、キリハは胸の内で期待していた。

「あたしんとこのキリハが書いたやつだからね。とにかく読んでみてよ」

「ああ、そうしよう」

三人目の早苗は自分で説明するのを完全に諦《あきら》めたようで、孝太郎に手紙を読むように勧《すす》めた。孝太郎は素直に頷くと、封筒《ふうとう》の中から便箋《びんせん》を引っ張り出した。そこに書かれていたのは、一読した孝太郎を唖然《あぜん》とさせるような内容だった。

里見孝太郎様、ならびにご友人の皆様へ

クラン殿《どの》が残した数式が正しければ、早苗は無事にそちらへ到着《とうちゃく》しているものと思う。汝《なんじ》らは早苗が二人いるという状況《じょうきょう》に困惑《こんわく》しているだろうが、落ち着いてこの手紙を読んで欲《ほ》しい。そして理解に努めて欲しい。この手紙には、今後汝らが対峙《たいじ》する筈《はず》の敵に関する情報が含《ふく》まれているからだ。

初めに宣言しておく。我らは汝らの住む世界とは別の世界に住んでいる、汝ら自身だ。それは過去のある時点から汝らの世界と分岐《ぶんき》した並行世界。その似て非なる世界にも汝らが住んでいて、それが我らなのだ。

そちらとは時間の経過速度が違うようなので、もしかしたら早苗の外見には加齢《かれい》による違いがあるかもしれないが、そちらへ行った早苗が早苗そのものである事は既に理解して貰《もら》えているものと思う。

急いで話さねばならない事があるので、並行世界に関する説明は省略させて貰う。そちらのクラン殿に尋《たず》ねれば詳細な情報が得られる筈だ。代わりに話したいのは、我らの世界で起こった異変についてだ。

最初の異変は真希とクラン殿が消えた事だった。何が起きたのか分からず混乱する我らだったが、調査を続けた結果、その理由が分かってきた。二人は早苗が言う『気持ち悪いぐるぐる』、つまり地獄《じごく》の門や混沌《こんとん》の渦《うず》と表現される、あの灰色の渦に呑《の》み込まれてしまったのだ。

我らは二人を救い出すべくあらゆる手段を試したのだが、結果は芳《かんば》しくなかった。しかもその過程で新たな敵が現れた。その敵の事を、我々は『灰色の騎士《きし》』と呼んでいる。文字通り灰色の鎧《よろい》を身に纏《まと》い、混沌の渦の力を使う強力な敵だ。その敵と戦う過程で、我らは更なる犠牲《ぎせい》を強《し》いられる事となった。

灰色の騎士の目的は定かではないが、そちらの世界へ渡《わた》る事を画策しているものと思われた。その為《ため》に必要な機材が強奪《ごうだつ》されており、魔法や霊子力《れいしりょく》技術もそこに含まれている。思いもよらぬ事だったが、その事実が現状を逆転させる手掛かりともなった。灰色の騎士の目的が何であれ、混沌の渦と敵対する汝ら――少なくとも我らはそうだった――は確実に障害になる。だとしたら先回りして汝らに警告できれば、後手に回らずに済むかもしれない。また事情を知る何者かを援軍《えんぐん》に送り込めれば、戦いをより有利に運ぶ事が出来るだろう。

その警告がこの手紙であり、援軍がそこにいる筈のもう一人の早苗だ。本当ならもう何人か援軍を送りたいところだったのだが、早苗以外では二つの世界の境界にある次元の壁《かべ》を超《こ》えられなかった。早苗の霊能力による強固な防御《ぼうぎょ》だけが、その時の激しい衝撃《しょうげき》に耐《た》えられるからだ。だから早苗を送る以外になかった。

灰色の騎士が既にそちらに姿を現しているかどうかは分からないが、混沌の力が強まっているように感じたなら、遠からず姿を現すだろう。彼《か》の者は魔法や霊能力はもちろん、混沌の力を自由に使いこなす。混沌の気配は彼の気配だと考えて差し支《つか》えないだろう。それがまだであるなら、その時間を使って彼の到来《とうらい》に備えて欲しい。

それと念《ねん》の為、並行世界への移動に必要な数式を記憶装置に入力し、この手紙に同封《どうふう》してある。クラン殿とルースに検算して貰えばその真偽《しんぎ》が明らかになるだろう。そしてそれによって、この手紙が冗談《じょうだん》や嘘《うそ》ではない事も理解して貰える事と思う。その数式は何らかの緊急事態《きんきゅう》に役立てて欲しい。また幸運に恵《めぐ》まれて全《すべ》てが解決した暁《あかつき》には、早苗をこちらに帰還《きかん》させて――彼女がそれを望んだ場合の話だが――やって欲しい。

最後に一つ詫《わ》びておきたい。我らは我らの世界の問題を、我らの力だけでは解決出来なかった。その事について大変申し訳なく思っている。そして汝らにその解決を委《ゆだ》ねるしかない事についても同様だ。

我らは灰色の騎士との戦いの始め方に失敗した。完全な奇襲《きしゅう》のような状態で遭遇し、しかもその後の対応が後手に回った。結果的に自力での逆転が不可能となり、汝らに頼《たよ》るしかなくなった。この手紙と早苗の存在が、汝らの助けになる事を願っている。そして何としても勝利を掴《つか》んで貰いたい。

もう一人のクラノ＝キリハより、あらん限りの友情を込めて手紙を読み終えた孝太郎は、無言でキリハに手紙を手渡《てわた》した。すぐには納得出来ない内容なのでキリハの解説が欲しかったという事もあるのだが、手紙の書き手が別の世界のキリハを名乗っているので、彼女自身の意見が欲しかったのだ。キリハは孝太郎から手紙を受け取ると、同じように便箋を一読。最後に彼女は封筒の底にあった小型の記憶装置を手に取った。そんなキリハの様子を確認した孝太郎はごく短い言葉で問うた。

「……………どう思う？」

「我の手紙に間違いない。筆跡だけでなく、文章の構造も我が書きそうなものだ。証拠《しょうこ》を示す為に数式を同封している辺りも、それを感じさせる」

キリハの結論は、この手紙は自分が書いたもので間違いない、というものだった。もし同じ内容を伝える為に手紙を書くなら、微小《びしょう》な違いこそあれ、キリハ自身も同じような文章を書くだろうと感じたのだ。

――――それに四月のあの手紙とも雰囲気《ふんいき》が似ている。この二つの手紙の関係性も気になるところだが……………。

キリハが手紙が自分のものであると確信するもう一つの理由があった。それは四月に届いたもう一通の自分からの手紙と似ている事だった。とはいえそれに関しては話す訳にはいかなかったので、キリハは手元にある手紙に対して感じた事だけを口にした。

「そうだよ、それはあたし達《たち》のキリハが書いたの。なんとかこっちで灰色の騎士をやっつける為に」

孝太郎とキリハが手紙を読み終えたので、ようやく三人目の早苗は自由に話が出来るようになった。話が通じて安堵《あんど》しているのか、彼女はうっすらと微笑《ほほえ》んでいた。

「灰色の騎士か……俺《おれ》達はまだ会った事がないな」

手紙の中で指摘《してき》されていた新たな敵、灰色の騎士。孝太郎はまだ灰色の騎士と遭遇した事はなかった。だから手紙を信じるにしても、今一つ実感が湧《わ》かなかった。

「灰色の騎士は魔法と霊力《れいりょく》と科学を全部使って襲《おそ》ってくるの。でもそれだけじゃなくて、魔法とも霊力とも科学とも違う、灰色の曖昧《あいまい》な力も使うんだ」

三人目の早苗は笑顔を消して、自分なりの言葉で懸命《けんめい》に説明しようとする。だが彼女自身も灰色の騎士の力を完全に理解している訳ではない。孝太郎に実感させる程の説明は出来ていなかった。

「灰色の曖昧な力、とな……」

ティアが首を傾《かし》げる。やはり彼女もピンと来ていない。混沌の渦とは何度か遭遇しているが、渦の力に呑まれて暴走する者ばかりで、その力を自由に操る人間など会った事がない。これは他の少女達も同様だった。例外は一人だけ。いや、二人だけだった。

『早苗ちゃん、灰色の曖昧な力って、アレの事じゃない？』

「そっか！　秘密基地で急に敵が消えた時の！」

心当たりがあったのは二人の早苗だった。三人目の早苗が口にした灰色の曖昧な力という言葉を聞いて、彼女達は先日ラルグウィンの秘密基地に攻め込んだ時の事を思い出していた。あの時は完全な勝利を目前にしながらも、ラルグウィンの一派に逃《に》げられた。あの時にラルグウィンの一派を逃がした、霧《きり》とも煙《けむり》ともつかない灰色の何か。それが渦の力を帯びていたので、早苗の記憶に引っかかっていたのだ。

「消えた後に何の痕跡《こんせき》もなかった。可能性はある」

早苗の指摘にキリハも同意する。あの後、孝太郎達はどうやってラルグウィン一派が消えたのかを調べた。科学的な手法は元より、魔法や霊力も使って徹底的《てっていてき》な調査を行った。にもかかわらず、何の痕跡も見付からなかった。それが灰色の騎士の仕業《しわざ》だというのなら、話の筋は通っているように感じられた。

「何の話？」

「えっとね………あんたが説明して」

『え～!?　えっと、私達は悪い人達の秘密基地に攻め込んだ事があるんですけど、その時に敵が灰色のモヤモヤに包まれて消えちゃったんです』

「あー、それは確かにあいつの仕業だわ。よくやるんだ、その消え方」

二人の早苗から説明を受けた三人目の早苗は、納得した様子で大きく頷いた。灰色の騎士がそのように消えるところを何度か見た事があったのだ。

「……………安心した」

そんな三人のやり取りを見ていた孝太郎は小さく微笑んだ。

「何がですの？」

孝太郎の笑顔に気付いたクランが軽く首を傾げる。すると孝太郎は三人の姿を指し示しながら事情を明かした。

「どこからやって来たにしろ、あいつは間違いなく早苗だ。それだけは間違いない」

孝太郎は少し前から三人目の早苗も早苗で間違いないと感じていたが、今の三人の早苗のやり取りを見ていて、改めてそれを実感していた。

「そうですわね。そしてそれは、あの子が並行世界から来たという話に信憑性《しんぴょうせい》を与《あた》えてくれる」

「ああ」

早苗は大事な時には嘘をつかない。だから三人目の早苗を早苗だと認めるという事は、彼女が別の世界からやってきたという話を実感させるきっかけにもなる。この時点で孝太郎達は、三人目の早苗の言葉と、もう一人のキリハからの手紙を信じ始めていた。

「そうなると急がなければなりませんわよ」

「ああ。敵が来ると分かった訳だからな。それも別の世界のお前と藍華さんを渦に取り込ませた」

孝太郎の表情は厳しい。手紙を信じるなら、未《いま》だ姿を見せていない強力な敵がいるという事だ。しかも倒《たお》した後に、混沌の渦の中から別の世界のクランと真希を取り戻《もど》さなければならない。ダークパープルの時は上手《うま》くいったが、果たして今回も同じ事が出来るかどうか。灰色の騎士の存在を思うと、それが簡単な事だとは思えない。だからこそ、孝太郎も準備をすぐに始めるべきだと考えていた。

「それももちろんですわね。でも一番急がねばならないのは、例の数式の検算ですわ」

クランは厳しい表情でそう言った。無限に存在する並行世界には、当然ながらクラン自身が死んでいたり存在していなかったりする世界がある。だがたとえそうであっても、自分が混沌の渦に呑まれたという話は無視できない。その辺りはクランと同じく別の世界の自分が混沌の渦に呑まれたという真希も、気持ちは同じだろう。だがそうした感情的な問題を差し引いた上でも、クランはそれに匹敵《ひってき》する更なる危険の存在に気付いていた。

「並行世界へ行く為の、ってヤツか。アレはそんなに急ぐ必要は無いだろう?」

三人目の早苗を信じるのなら、数式を検算して証拠になるかどうかを確認する意味はない。孝太郎の視点では検算は後回しで良い筈だった。

「分かっていませんわね。数式の前半だけで、超時空反発弾《ちょうじくうはんぱつだん》が作れるんですのよ？」

クランには並行世界へ移動する技術の全体像が見えていた。何故《なぜ》なら彼女の研究は、既にその前半を完成させていたからだった。

「そうか！　そういう事だよな！」

孝太郎にもクランが言いたい事の意味が分かってきた。灰色の騎士は並行世界へ移動する技術を持っている。だとしたらその技術が超時空反発弾のように、兵器に転用される可能性が十分にあった。クランはそれを危惧《きぐ》し、敵の攻撃《こうげき》手段を知る為と出来れば防御手段を講じる為に、数式の検算と技術の分析《ぶんせき》を急ぐ必要があると考えていたのだった。

「という訳ですから……パルドムシーハ、すぐに始めますわよ」

「はい！　お任せ下さい！」

キリハから記憶装置を受け取ると、クランとルースは足早に一〇六号室を後にする。数式の検算と、それをベースにした並行世界への移動方法の研究は『朧月《ろうげつ》』で行った方が良いからだ。事は一刻を争う。クランとルースの表情はいつになく大真面目《おおまじめ》だった。

「ごめんね、孝太郎。面倒《めんどう》な事件に巻き込んじゃって」

孝太郎達は三人目の早苗の話を信じた。その深刻さが十分に伝わっていたから、クランとルースは早速《さっそく》行動を開始した。だからこそ彼女は思うのだ。自分達のトラブルにこの世界の孝太郎達を巻き込んでしまい、申し訳ないと。

「そうだな。早苗が三人になるなんて大事件だ」

「ふたりはラブキラに三人目が出てきた時と同じ衝撃」

『そういう問題じゃないと思うよー、早苗ちゃん』

「そうだよ、真面目《まじめ》にやってよ！　あたしが珍しく真面目にやってんだからさ！」

だが彼女がしおらしかったのは十秒ほどの間だけだった。孝太郎と『早苗ちゃん』が話を脱線《だっせん》させてしまったので怒《おこ》り出したのだ。だがそれこそが孝太郎の狙《ねら》いだった。

「おっ、調子が出てきたな、早苗。お前はそのぐらいで丁度良い」

「孝太郎………」

「それにな、俺達にとっては灰色の騎士が云々《うんぬん》より、お前の方が大事だ。お前が困ってるなら助ける。お前がどこから来た早苗であってもな」

「………うん」

頷く三人目の早苗の瞳《ひとみ》に、じわじわと涙《なみだ》が滲《にじ》む。それはやがて大きな涙の粒《つぶ》になって頬《ほお》を伝い、顎《あご》から零《こぼ》れ落ちてキラキラと輝《かがや》いた。この時、彼女も感じていた。どこの孝太郎であっても、孝太郎は孝太郎なのだと。

「ホラ、やっぱりラブキラと同じよーな話じゃない」

『早苗ちゃん、しー、しー！　良い話なんだからっ！』

だからだろう、三人目の早苗の胸に、ある願望が芽生えた。だが彼女は躊躇《ちゅうちょ》し、行動する前に孝太郎に尋ねた。

「孝太郎、ちょっと良いかな？」

「俺相手に何を遠慮《えんりょ》してるんだ？」

「そうだけどさ………一応気を遣《つか》うんだよ、ここは私の世界じゃないからさ」

「俺には分からん。お前は早苗以外の何者にも見えない。やりたい事をやればいい」

「………アリガト。じゃあ、やってみる」

次の瞬間《しゅんかん》、三人目の早苗はふわりと孝太郎に抱《だ》き着いた。そして両腕《りょううで》をしっかりと首に回し、固く抱きしめる。孝太郎は一瞬《いっしゅん》どうしたものかと思ったが、すぐに早苗の身体《からだ》に腕《うで》を回して同じように抱き返した。

「………これでいいのか？」

「うん。ちょっと、元気を分けて欲しくって」

「なんだかんだで心細かったんだろう？」

「うん」

「なにせ別の世界だもんな。でもここからは俺達が一緒《いっしょ》だ」

「うん。だったらきっと、がんばれると、思う……」

それから三人目の早苗はしばらく孝太郎に抱き着いたままでいた。彼女はずっと無言だったが、孝太郎と対話をする分には言葉など要《い》らなかった。そしてそれが可能であるという事自体が、彼女を安心させてくれるのだった。


一〇六号室の地下にある自分の部屋に戻ったキリハは、一人で静かに考えていた。キリハは三人目の早苗の事を疑っていた訳では無かった。手紙の内容についても同じだ。だがどうしても気になる点があった。

――――クランおねえちゃんと真希、早苗以外の、残りの六人については何故手紙に記されていなかったのだ？　それに我らにとっての最大の関心事についても全く触《ふ》れられていない。何故我はそうする必要があったのだ？

キリハが気になっていたのは、手紙には意図的に省かれた内容があるのではないか、という点だった。例えば九人の少女達についてだが、クランと真希の二人の事しか書かれていなかった。残りの七人のうち、早苗以外の六人がどうなったのかという事は記されていない。これは奇妙《きみょう》な事だった。

——事態は我らが思う以上に厄介《やっかい》なのかもしれない……。

もしキリハが同じ立場なら、手紙には必ずその辺りの事を書くだろう。それが省かれている以上、何らかの事情があるように感じられた。例えば他の六人の少女達が重傷で動けない、というような事だ。仮にそうである場合、伝えれば孝太郎は必ず助けに行こうとするだろうから、伝えない方が事件の解決は容易《たやす》くなる。そういう事情であれば、記述を省く理由になるだろう。だからキリハは第三の早苗と手紙が伝える事件は、現在分かっている以上に厄介なのではないかと疑い始めていた。

コンコン

そんな時、キリハの部屋のドアが鳴った。

「キリハ、ちょっといい？」

続いて聞こえて来たのは早苗の声。そして恐《おそ》らくこの声は三人目の早苗のものである筈だった。この世界の早苗なら、ノックせずに突入《とつにゅう》してくる筈だったから。

「入ってくれ、鍵《かぎ》は開いている」

「うん、お邪魔《じゃま》するね」

　時を置かず、早苗が部屋に入って来た。キリハが予想していた通り、それは三人目の早苗だった。彼女は神妙《しんみょう》な面持《おもも》ちでキリハに近付いて来た。

「どうした、こんな時間に」

「実はキリハにだけ、伝えておきたい事があって」

　早苗はキリハの前にやってくると、キリハをじっと見つめる。この世界の早苗と比べると、幾《いく》らか大人びて見える三人目の早苗。この時はその印象がずっと強くなっていた。

「そちらの世界の、我らの事だろう？」

「気付いてたの？」

「うむ。意図的に手紙から省かれているように思えたのでな……しかし、驚《おどろ》いてはいないようだ」

「うん。あたしんとこのキリハがね、こうしておけばここのキリハは勝手に気付くだろうって言ってたんだ。二人とも流石《さすが》キリハだね」

「なるほど」

　別の世界の自分が、反応を予想しながら書いたのならありそうな話だった。キリハは納得して頷くと、近くにある椅子《いす》を指し示した。

「短い話ではないのだろう？　座《すわ》ってくれ」

短い話なら、早苗はわざわざここへ来る必要はなかった。隙《すき》を見て話せばいい。そしてキリハはお茶の準備を始めた。その理由も同じだった。

「うん、ありがとう」

早苗は椅子に座ると、キリハから湯飲みを受け取った。それから早苗はしばらく黙《だま》ってお茶の表面を見つめていた。対するキリハも早苗を急《せ》かそうとはしなかった。ただ埴輪達《はにわたち》が運んで来たお茶菓子《ちゃがし》を早苗に差し出しただけだった。どれだけ時間が経《た》っただろうか。やがて早苗は決意に満ちた表情で、顔を上げた。

「ごめん、待たせちゃって。話すね」

「深刻な話のようだ」

「うん、一気に話すよ！」

そうして早苗は話し始めた。彼女達の世界で起こった事件の、より正確な事情を。早苗は全てをキリハに伝えなければならなかった。彼女の決意が薄《うす》れてしまわないうちに。

混沌の渦に呑まれたのはクランと真希である、そこには間違いはなかった。早苗の話はそのすぐ後から始まった。

「………あたし達はメガネっ子と真希を取り返そうって、色々な方法を試《ため》したの。でもその頃《ころ》から灰色の騎士があたし達の事をつけ狙い始めた。あたし達はメガネっ子と真希を救う為に灰色のぐるぐる――混沌の渦に接触《せっしょく》したかった訳だから、向こうとしては襲うのは簡単だったんだと思う」

早苗は悲しげに目を伏《ふ》せた。その先で起こった事は、普通《ふつう》の顔では話せなかった。

「次はティアとルース。その次はゆりか。孝太郎と出会ったのと逆の順番で、みんなは渦に呑まれていったの」

「そんな事が⁉」

キリハは驚いていた。何か大きな事情があるだろうとは思っていたが、実際は最悪に近い状況だった。

「次は多分あたしの筈だったんだけど………その前に並行宇宙へ移動する為の装置が完成して、こっちの世界へやってきたの」

「クラン殿が居ない状態で、よく完成させたものだ」

「こっちのメガネっ子は渦に呑まれちゃう前に、例の爆弾《ばくだん》の研究をほぼ完成させてくれてたから。パーツやなんかはルースとキリハ、ゆりか達が用意してくれて」

別の世界のクランはタイムスリップの経験から超時空反発弾の研究を続けていた。その研究は最終段階にあり、時空間の謎をほぼ解明しつつあった。その研究データを見付けたルースが装置を設計、少女達が総出で組み上げた。そうして完成したのが並行世界転移装置だった。

「そういう駆《か》け足《あし》でぎりぎりの状況だったから、汝だけがこちらへやってきたという訳だったのだな」

実はキリハはここにも小さな疑問を感じていた。強引《ごういん》に早苗の霊力で身を守って次元の壁を超えるのではなく、霊子力コンデンサーと霊子力フィールドを使ってきちんと身を守れば良い筈なのだ。幾ら早苗の力が強いとはいっても限度はあるのだから。そうすれば彼女一人で来る必要は無かった。それが出来なかったのは、敵に狙われて急いでいたから。彼女らには試作品を使うしかなかったのだ。

「そう、本当にぎりぎりだったんだ。灰色の騎士が『朧月《ろうげつ》』に攻《せ》め込んで来てたから、大慌《おおあわ》てで装置を動かして……キリハはこれは賭《か》けだって言ってた。それでもさ、何もせずに全滅《ぜんめつ》する訳には、いかないいじゃない？」

「という事は、残された者達は既に……」

「うん。………死んじゃってるか、渦に呑み込まれてると思う。確かめる方法がないから、実際のところは分かんないけど………」

早苗はその時の事をよく覚えている。ハッチ一つ向こうで晴海や静香が灰色の騎士と戦っている間に、キリハが装置を動かして早苗を送り出したのだ。

『装置は作動した。三十秒後に汝は別の世界へ移動する』

『うん!』

『しかしこれは賭けだ。成功する見込みは半分もない』

『でもさ、やるしかないじゃん！　やらずにただ負けるよりはずっといいよ!』

『汝一人に多くの負担をかける事になる。済まない――――』

ドンッ

『遂《つい》に来たか!』

『キリハ!?』

『大丈夫《だいじょうぶ》だ、汝と装置には指一本触れさせん!』

装置が作動して次元の壁を超える直前、早苗にはハッチが吹《ふ》き飛んで灰色の騎士が入ってくるのが見えた。そんな灰色の騎士の前にキリハが立ち塞《ふさ》がったところで装置が作動、早苗はこの世界へと送り出された。晴海や静香がどうなったのかは想像するしかなかったが、無事なら灰色の騎士は入ってこれなかっただろう。そしてキリハが一人で灰色の騎士と戦って勝ったとは思えない。あくまで早苗の想像でしかないが、三人ともやられてしまったと考える他《ほか》はなかった。そしてこの事が、第三の早苗がこの世界のキリハに話しておきたい事の一つだった。

「だからね、あたしの世界の事は何も考えなくて良いよ。多分もう、滅茶苦茶《めちゃくちゃ》になってると思うから」

キリハを倒した後に、灰色の騎士が何をしたか。止める者がいなくなった以上、灰色の騎士はどんな事でもしただろう。早苗には地球や大地の民、フォルトーゼやフォルサリアが無事だとは思えなかった。

「それで言えなかったのだな」

「うん。言えば絶対に孝太郎は何とかしようとするから。仮に向こうが全部やられちゃってたとしてもさ……」

「そうだな。そういう男だ」

灰色の騎士と戦って勝つ事さえ難しいと思われるのに、別の世界の再建まで背負い込んでは、少ない勝機を更《さら》に削《けず》られる事になりかねない。だから別の世界のキリハは早苗に口止めをした。話すにしても灰色の騎士を倒した後にしろ、と。

「でもあたしかこの事を知らない状態で、あたしがやられちゃったら、それはそれでまずいから……キリハには話す事にしたの」

「うむ、適切な判断だ」

もしかしたら早苗が抱《かか》えていた秘密が、戦いの勝敗を分ける要因になるかもしれない。それを誰《だれ》にも伝えない内に彼女《かのじょ》が倒されたら、どうしようもなくなる。だから早苗はキリハにだけは話す事にしたのだった。

「だからさ、戦いとかが起こったら、あんたはあたしとは違《ちが》う場所に居て」

「分かった。それといざという時に備えて手紙を書いておこう」

「あんた手紙好きね？」

「ああ。気持ちがよく伝わる気がするのだ」

「あたしんとこのあんたも、そんな事を言ってたような気がする」

「そっちの我も我だからな」

「うん、そんな気がしてきたとこ」

早苗はここでようやく小さな笑《え》みを浮《う》かべた。だがそれがどこか寂《さび》しげであるのはキリハの見間違《みまちが》いではないだろう。

「早苗、少し気になる事があるのだが」

「なぁに？」

「灰色の騎士は既にこちらにやってきていて、ラルグウィン一派を助けているようだが、汝の方が先にこちらへ来たのではないのか？」

「そうなんだけど、あたしの方は試作品だから、しばらく宇宙を漂《ただよ》ってたの」

　クランの不在とギリギリの状況で送り出された事は、早苗と灰色の騎士とで到着時間の逆転を引き起こした。並行世界への正確な移動が難しいので、別の世界のキリハ達は早苗を何もない広い場所――――宇宙空間へ飛ばした。成功しようが失敗しようが、何もない場所に送るのが一番安全だったからだ。そこから地球へ帰還するのに時間を要した為、灰色の騎士の方が先に地球へやってきたかのように見えていたのだ。

「そういう事か。灰色の騎士は汝らの実験データを得ただろうし、多少こちらの世界に被《ひ》害《がい》が出ても構わない。直接地上に出れば、汝より先に行動が開始できる」

「多分そういう事だと思う」

　この件にもやはり確証はない。だが早苗もキリハも、この推理は間違《まちが》っていないと感じている。灰色の騎士は遅《おく》れて出発したからこそ、十分なデータを元により優《すぐ》れた装置を作り、先回りに成功したのだ。

「話はこれだけか？」

「ううん。まだある」

早苗は首を横に振《ふ》る。話はまだ終わりではなかった。

「多分、あんたが一番知りたい事」

「そうだな。その事もあの手紙からは省かれていた。さっきの説明からも」

「本当は、こっちの話が本題なんだ」

「………聞こう」

キリハの表情に心なしか緊張感《きんちょうかん》が漲《みなぎ》る。彼女はずっと嫌《いや》な予感がしていた。並行世界の少女達の被害とは別に、それが語られるという事が、不安を煽《あお》っていたのだ。

「あのね、あんたが一番知りたい、孝太郎の事なんだけど――――」

そうして早苗はようやく本題を切り出した。彼女の世界の孝太郎は、どういう状況にあるのか。あるいはどういう状況にあったのか。この時早苗がキリハに話したのは、戦いの構図を覆《くつがえ》すような、驚くべき事実だった。

予期せぬ襲撃　八月十七日(水)

別の世界からやってきた早苗《さなえ》には、ある問題があった。それは呼び名をどうするのかという問題だった。既《すで》に早苗自身と『早苗ちゃん』と『早苗さん』という三つの呼称《こしょう》が存在するところへ、彼女がやってきてしまった。四つ目の呼称をどうするのかはそれなりに問題だった。

「お姉ちゃんお姉ちゃん」

「どーしたの、早苗」

「とても良い話と、とても悪い話がありますが、どっちから聞きたい?」

様々な呼称の案が飛び交《か》い、すったもんだ——癒《いや》し系魔法《けいまほう》少女きらきら☆さなりん、超宇宙《ちょううちゅう》ヒロイン時空刑事《けいじ》さなばん、いやいやもっと普通にしようよ——した挙句、こちらの早苗よりもちょっとだけ年上なので『早苗お姉ちゃん』という呼称に落ち着いた。

アニメのヒロイン的な名前を希望していた早苗達《たち》であったが、この『お姉ちゃん』という立場にも思い入れがあったらしく、静香《しずか》が口にしたこの案をあっさりと受け入れたのだった。


「ん～、良い話から」

「実はサンレンジャーは合体する巨大《きょだい》ロボットを隠《かく》し持っていました」

「やった！　本当なのメグミッ⁉」

「本当だけど……駄目《だめ》よ早苗ちゃん、一応は国家機密なんだから」

「どうせいずれバレるでしょ」

「そうかもしれないけど……大人の世界には、建前ってものがあってね？」

「それで悪い話って？」

「こないだ敵の秘密基地に攻め込んだ時、その巨大ロボの脚《あし》が大爆発《だいばくはつ》して壊《こわ》れたの」

「うそー！　お願いだからうそだとゆってー！」

「早苗ちゃんっ、もー！」

「てへへへへ～」

今日の二人は吉祥春風《きっしょうはるかぜ》高校の保健室にいた。それは『お姉ちゃん』の健康診断《しんだん》をする為だった。一応やってきた翌日に『朧月《ろうげつ》』で精密検査をしているが、並行世界からの移動という前代未聞《ぜんだいみもん》の状況《じょうきょう》である為、念の為に地球の医療《いりょう》技術でも健康診断をしようという事になった。フォルトーゼの医療技術は地球のそれとは比較《ひかく》にならない程進んでいるが、きちんと地球人に合わせた技術ではないので一抹《いちまつ》の不安はあったのだ。

「……うん、特に問題はなさそうね」

吉祥春風《きっしょうはるかぜ》高校で保険医をやっているメグミがカルテから目を上げて笑う。

「良かったね、お姉ちゃん」

「だから大丈夫だって言ったのに」

「ふふふ、みんな貴女《あなた》の事が心配なのよ。貴女の事が好きだから」

「そっか……うん、だったら仕方ない」

「結構♪」

幸いな事に『お姉ちゃん』の健康診断の結果は良好だった。吉祥春風高校にはサンレンジャーの施設《しせつ》が所々にあり、高い水準の医療施設を利用できる。またメグミも衛生兵としての教育を十分に受けていて、医師の免許《めんきょ》も持っている。そしてそのどれもが『お姉ちゃん』の健康状態を正常と判断していた。そんな訳で、とりあえずは『お姉ちゃん』の健康の心配は要らないようだった。

「よしっと。それじゃあ孝太郎《こうたろう》達《たち》の手伝いに行こう！」

「了解《りょうかい》であります、姉上！」

「続け二等兵！」

「あいあい！　でももうちょっと階級を上げて欲《ほ》しいであります！」

「考慮《こうりょ》しておく！」

健康診断が済むと、二人の早苗は我先にと保健室を飛び出していく。

ドバァン
ドアを開ける勢いは強く、まるで大砲《たいほう》の発射音のようだ。『お姉ちゃん』には、そういう部分での成長は見られないようだった。

「うおおっ⁉」

「おっとっと！」

二人が砲弾《ほうだん》のような勢いで廊下《ろうか》へ飛び出すと、丁度保健室に入ろうとしていたハヤトとコタローが、驚いて思わず飛び退《の》いた。

「ごめーん、せんせー！」

「許せコタロー！」

軽い調子で詫びた『お姉ちゃん』と早苗は、全くスピードを落とさずに廊下を走っていく。後に残されたハヤトとコタローは、二人の姿が廊下の角の向こう側に消えるまで黙って見送った。

「………なあコタロー、あの子と出会ってから、俺《おれ》は大概《たいがい》の非常識には驚かなくなったんだが………」

「うん、僕《ぼく》もそうだよ」

「今………二人に、増えてたよな？」

「うん、間違いなく増えてた。物理的に」

「だよな。これは流石に、驚いたな………」

「僕も、すごく………」

ハヤトとコタローは、それからしばらくその場に立ち尽《つ》くしていた。自分の目が見たものが信じられない。幽体離脱《ゆうたいりだつ》で二人になるのは見た事があったが、本当に二人になっていた事には驚かずにはいられなかった。

お盆《ぼん》が過ぎ夏休みも後半に差し掛《か》かると、フォルトーゼからの留学生の受け入れは目前に迫《せま》っていた。建設中だった寮《りょう》やその周辺の施設が完成し、その辺りはまるで小さな町のようだった。コンビニや食堂、郵便局。留学生達が高校が建っている山を下りなくてもある程度便利な生活が出来るように工夫《くふう》されているのだ。

「クラン、この辺りはどんな感じだ？」

「異常な電波は検出されませんわ。重力波も同じですわね」

「カラマとコラマの霊子力《れいしりょく》センサーにも異常はないようだ」

『霊波《れいは》を使った通信は行われていないようだホー！』

『それと敵の気配もないホー！』

「藍華《あいか》さんは？」

「半径百五十メートル以内に魔力《まりょく》の反応なし。グレバナスが直接出てきていたら隠蔽《いんぺい》されている可能性もあるけれど、その場合は魔力場に乱れが少な過ぎる。これなら大丈夫だと思うわ」

孝太郎達は吉祥春風《きつしようはるかぜ》高校全体のパトロールを行っていた。今は完成したばかりの学生寮《がくせいりよう》とその周辺の施設を重点的に調べている。危険を取り除くのは当然だが、以前のような盗《とう》聴《ちよう》や盗撮《とうさつ》を防ぐのもパトロールの目的に含《ふく》まれる。こうしたパトロールは定期的に行われていた。いつどこから危険が迫ってくるか、分かったものではないからだった。

「このエリアは問題なしと。おやかたさま、次のエリアへ移動しましょう」

「分かりました。………行こう、みんな」

「やれやれ、この分だと大丈夫そうだのう」

今いるあたりに異常がないことが分かると、ティアは安堵の表情を覗《のぞ》かせた。幾つかある留学生の受け入れ先の中で、吉祥春風高校はティアの管轄《かんかつ》だった。

「油断は禁物だぞ」

「確かにそうじゃが………この先は運動場じゃろ。式典やら何やらは体育館の方でやるのじゃから、攻撃する意味もなければ、盗聴盗撮《とうちょうとうさつ》の意味もない」

「確かにただ広いだけの場所で何かやるぐらいなら、他でやった方がいいよな」

「そうじゃろ？　まずは一安心じゃ」

テロ攻撃を人口密度が低い場所や状況で実行する意味はない。狙うなら当然人が多い場所だろう。だとしたら寮や式典を狙って来る筈《はず》で、体育の授業でまばらに利用される運動場を狙うメリットは確かにない。これは盗聴や盗撮でも事情は同じだった。

「コラコラ、里見《さとみ》君！　ティアちゃんに説得されちゃ駄目じゃない」

「そうでした。駄目だぞ、ティア」

「はいはい」

「はいは一回」

「はい」

静香は孝太郎とティアを注意したものの、実は心の底では同感だった。ただどうしても万が一という事はある。万が一運動場に何か危険が潜《ひそ》んでいて、油断して見逃《みのが》してしまったら、取り返しのつかない事になりかねない。大家として身に着けた危機管理の意識が、静香の冷静さの出所だった。

「キリハさん、大家さんの話を踏《ふ》まえた上であえて訊《き》くんだけど……ラルグウィンの一派が狙うのはどこだろう？　やはり留学生の歓迎《かんげい》式典かな？」

静香が言う事はもっともなので、孝太郎は油断するつもりはない。だが兵力には上限があって、全《すべ》ての場所を手厚く守る事は出来ない。どうしてもある程度偏《かたよ》らせる必要があったのだ。

「残念ながら、テロリストが平和と友好の象徴《しょうちょう》を狙うのは常套手段《じょうとうしゅだん》だ」

「やっぱりそうか……」

「だが、その意識を利用して敵が裏をかいてくることは十分に有り得る。歓迎式典に次ぐぐらいの人出が予想される場所やイベント、そして単純に式典とは離《はな》れた場所にある人口密集地。そこにフォルトーゼ人が参加している公式行事があれば、十分に攻撃対象になるだろう」

留学生を歓迎する式典は、警備が厚くなるのは目に見えている。だとしたらラルグウィン一派はあえてそれを外し、警備が手薄《てうす》になりそうな場所を狙う事も考えられる。効果と成功率を秤《はかり》にかけ、最大の結果を目指すのがラルグウィン一派の戦略の筈だった。

「どうやって防ぐつもりなんだ？」

「兵力の配置場所を工夫して、どの位置にも出動し易《やす》いようにする」

「でもそうすると初動で少し遅れるよな？」

「うむ。そこで初動の対応にはネフィルフォラン隊の空挺部隊《くうていぶたい》で対応する」

「なるほど、あそこの連中なら任せられるな」

全ての場所の警備を厚くする事は出来ない。重要なポイントにだけ厚めに配置し、他は最低限に絞《しぼ》る。そして何かが起きた際には、多くの場所に対応できる位置に配置した部隊を増援《ぞうえん》に送る。もちろんこの場合、増援が到着《とうちゃく》するまでに時間を要するので、初動の兵力不足が生じる。そこを補う為《ため》に上空に待機させたネフィルフォラン隊を初動対応に使う。空から降下してくる彼《かれ》らなら、問題の発生とほぼ同時に兵力を展開出来る。こういう状況では最良と言っていい対応だろう。

「ただ陽動の可能性も捨て切れないので、空挺部隊は上空に五チーム配置される」

「………至《いた》れり尽くせりだな。俺が心配する必要なんてなかったか」

「総司令が危機感を共有してくれている事が分かって、我ら作戦部門や現場の担当者は心強く思うだろう」

「……総司令が現代戦の素人《しろうと》なのが、この軍の最大の問題だよな」

孝太郎も戦争には自信があるが、それは二千年前の人と人が戦う戦争に限られる。現代の兵器や装備を使った戦いに関しては、残念ながら自信は無かった。そうやって孝太郎が不安そうにしているのに気付くと、晴海《はるみ》は優《やさ》しげに孝太郎に笑いかけた。

「大丈夫、脇《わき》を固めている優秀《ゆうしゅう》な人達を素直《すなお》に信じれば良いんです。そして最後にきちんと責任を取る。それが総司令の仕事です」

「……桜庭先輩《さくらばせんぱい》が一番リーダーっぽいのも、問題といえば問題だよな……」

孝太郎が道に迷う時、晴海は決まってその道を示してくれる。その度に孝太郎は、リーダーの資質という意味では晴海の方が優れているのではないかと感じていた。

「何か言いましたか？」

「はい。桜庭先輩が今日も可愛《かわい》いなって」

「もうっ、真面目にやって下さい里見君っ！」

「すいません、可愛いのでつい」

桜庭晴海は極《きわ》めて高いリーダーの素質を持ちながら、本人は後方に控《ひか》えるお姫様《ひめさま》を志望している。あるいは、小さくて平凡《へいぼん》な家庭を持つ事を。それをよく知っているから、孝太郎は本音を言わなかった。とはいえ可愛いと言われた晴海はまんざらではなさそうなので、これはこれで良かったのだろう。

「楽しそうなところを申し訳ないが、話を戻《もど》すぞ」

「あっ、ごっ、ごめんなさいっ」

「桜庭先輩、また後で遊びましょう」

「そういう里見君は嫌《きら》いですっ」

そうして頬を膨《ふく》らませた晴海をよそに、孝太郎とキリハは元の話題に戻った。

「……………汝《なんじ》らは歓迎式典に配置される事になる」

「俺らは待機する地上部隊に配置の方が良くないか？」

キリハは孝太郎達を式典の防衛に当たらせるつもりだった。だが孝太郎はそこが不思議に感じられた。陽動の可能性があるなら、動きが速く強い部隊である孝太郎達はもっと自由に動けた方が良い筈なのだ。

「問題は敵の狙いが汝やティア殿《どの》である場合なのだ。汝らが自由に動ける状況だと、敵に誘導《ゆうどう》される可能性がある」

攻撃に対するリアクションまでは読める。だがそのリアクションに対する更なるリアクションは読み難《にく》い。推論が二段になってしまうからだ。だとしたら孝太郎達は動かさない方が良い。最初の攻撃《こうげき》が孝太郎達を動かす為のものであった場合、動き出した孝太郎達に敵が何をしようとするのか、その想像をするのはバリエーションが多過ぎて難しい。

「敵の陽動に引っ掛かって、そなたやわらわ、クランが倒《たお》れてしまうケースもフォルトーゼにとっては致命傷《ちめいしょう》じゃからのう。ここはお互《たが》いに自重という事じゃ」

「お前がそう言うなら、よっぽどの事なんだろうな」

「引っ掛かる言い方じゃのう」

「これでも褒《ほ》めてるんだぞ？　お前はこの二年で成長して、本当に大事な時には我慢《がまん》するようになった」

「そうじゃ。そなたの姫《ひめ》は優秀なのじゃ」

「それを言わなきゃ良い話で終わったのに………」

怖《こわ》いのはやはり陽動だった。だから孝太郎達を動かさず居場所を固定し、歓迎式典の防衛にのみ集中させればリスクは最低限になる。キリハやティア達が必死に知恵《ちえ》を絞った作戦だった。そうしてティアが再び口を開こうとした、その時だった。

『姐御《あねご》、ダイハ様から緊急通信《きんきゅうつうしん》だホ！』

『姐《あね》さん、シアルの里に襲撃があったらしいホ！』

二体の埴輪《はにわ》が緊急事態の到来《とうらい》を告げた。シアルの里は、地下に住む大地の民の集落。簡単に言うと大地の民の国の首都だ。そこが襲撃を受けた訳なので、孝太郎達にとっては大事件だった。

「まさかっ、なぜこのタイミングで!?」

特に大地の民の指導者の後継者《こうけいしゃ》と目されるキリハは顕著《けんちょ》で、その顔を蒼白《そうはく》にして大きく驚いていた。

それは結果的に見て、孝太郎達が留学生に気を取られている間に行われた電撃的《でんげきてき》な攻撃作戦だった。現時点では里が襲《おそ》われる理由も特になく、誰もが完全に予想していなかったタイミングで、敵がシアルの里に雪崩《なだ》れ込んだのだ。

「それで被害状況《ひがいじょうきょう》は!?」

キリハの表情と声は厳しい。やはり故郷が攻撃を受けたと聞いては、暢気《のんき》にしていられなかった。

『戦闘《せんとう》は既に終結、幸い人的被害はないホー！』

『敵が襲ったのは旧市街だったんだホー！』

シアルの里はしばらく前に都市機能が再整備された。旧市街はそれよりも前に国民が住んでいた場所で、今は誰も住んでおらず、立ち入る者も僅《わず》かだった。そんな旧市街に敵が来た訳なので、結果的に国民の被害は殆《ほとん》ど無かった。旧市街にある墓地に墓参りに行っていた一団が手傷を負った程度だった。

「そうか……それは何よりだ……」

キリハの安堵《あんど》の息と共に、表情から険しさが抜《ぬ》ける。やはり人間の犠牲《ぎせい》が出なかったというのは大きかった。

「良かったな、キリハさん」

孝太郎も小さく笑顔《えがお》を作った。里はキリハの故郷であり、孝太郎自身も何度も行った事がある。攻撃を受けたという話は他人事ではなかったし、犠牲者《ぎせいしゃ》が出なかったという話には安堵が大きかった。

「うむ。しかし……だとすると奇妙なのだ」

孝太郎と視線が合うとキリハも小さな笑顔を浮かべたが、彼女はすぐにそれを消して考え込んだ。彼女には気になる点があった。

「そうだな。何故《なぜ》旧市街なんだろう？　何か特別な物や場所があるのかい？」

孝太郎も気になっていた。孝太郎が知る限り、旧市街には特に重要な施設は無い。軍事基地や工業地帯は新市街の方にある。軍事攻撃ならそれらが狙《ねら》われる筈だし、テロ攻撃なら人口密集地――――やはり新市街を狙う。旧市街を攻撃する理由は無かった。

「なになに、何の話？」

「空気が重い！　元気元気！」

そこへ二人の早苗が合流してくる。二人ともすぐに孝太郎達の様子がおかしい事を感じ取ったのだが、反応は分かれた。『お姉ちゃん』はもしかしてという思いがあるので様子を窺《うかが》うような顔をしている。それに対して早苗はいつも通り元気いっぱいだった。

「我の故郷、シアルの里が襲撃を受けたのだが、幸い怪我人《けがにん》が出ただけで済んだ」

「そっか……」

キリハの言葉に『お姉ちゃん』が安堵の表情を見せた。灰色の騎士《きし》の動きを警戒《けいかい》している彼女はどうしてもこういう反応になる。それに対してこの世界の早苗は終始明るい。起こった事件に素直に反応していた。

「びっくりだけどよかったじゃん。怪我人だけって、泥棒《どろぼう》か何かだったって事？」

押《お》し込み強盗《ごうとう》があって、その時に怪我人が出た。聞いた説明だけだと、早苗はそんな風に想像した。それを肯定《こうてい》したのが埴輪達だった。

『そうかもしれないホー！　姐御、続報だホー！』

『敵は動く骨と死体、襲われたのは資料館と墓地だホ！』

「資料館と墓地？」

キリハが眉《まゆ》を上げる。その言葉に閃《ひらめ》くものがあったのだ。彼女はすぐに真希《まき》を見た。真希は何も言われる前から大きく頷《うなず》いた。彼女も同じ事を考えていたのだ。

「そういう事だと思うわ。私が彼であっても、そこを狙うと思う」

「やはりそうか……厄介《やっかい》な事になるかもしれない」

真希が肯定したのを受けて、キリハは再び考え込む。

「どういう事なんだ？」

まだピンとこない孝太郎は、真希に視線を向けて説明を求める。考え込んだキリハを邪魔しない方が良いという判断からだった。

「敵が動く死体と骨という事は、敵は魔法使《まほうつか》い。それが突然《とつぜん》、大地の民の資料館や墓地を襲ったという場合、考えられる事は一つだけ」

旧市街には国営墓地と歴史資料館があった。国営墓地は再整備の対象だったので、希望者は新市街の方に新たに作られた国営墓地に墓を移している。希望しなかった者や、既に親類縁者《えんじゃ》が居ない墓はそのまま残っている。歴史資料館はむしろ再整備の後に空いた土地を利用して建てられたもので、広大な敷地《しきち》に歴史的な価値が高いものが集められ展示されている。そして極めて歴史的な価値が高いものは、レプリカを展示して本物は金庫室に収められていた。

「墓を暴《あば》き、資料館の所蔵品を奪《うば》い、何者かの蘇《そ》生《せい》を企《くわだ》てている、という事です」

厳密に言うと、襲われたのは旧国営墓地の一番古い墓がある一帯。大地の民が地上から地下へ移住した時に、地上から移された墓があるあたりだった。そして歴史資料館は通常の展示ではなく、地下の金庫室がこじ開けられていた。それはつまり――

「ビオルバラム・マクスファーン……ヤツの蘇生か……」

孝太郎にも状況が理解出来てきた。死霊《しりょう》術を得意とする魔法使いが、マクスファーンの蘇生を企てている場合にのみ、大地の民の旧市街が襲われる。それ以外には魔《ま》法《ほう》の使い手がピンポイントでその場所を狙う理由がないのだ。霊子力技術が欲しいなら新市街の方になるし、フォルサリアとは違って墓に魔法の品が副葬品《ふくそうひん》として埋葬《まいそう》されたりもしない。

「襲って来たのはグレバナス、狙いはマクスファーンの蘇生。それはある一つの結論に繋《つな》がっている」

ここからはキリハが真希の説明を引き継《つ》いだ。一般《いっぱん》の魔法使い達は大地の民の存在を知らない。逆もそうだ。現時点で知っているのはお互いの上層部のみ。技術が漏洩《ろうえい》すると困るのは、日本やフォルトーゼだけではないのだ。それ以外に限ると、現時点で双方《そうほう》の存在を知っているのは、ラルグウィンの一派しかない。霊子力技術に関しては既に保有している。魔法に関しては状況《じょうきょう》証拠《しょうこ》であるが、孝太郎達はラルグウィンの一派は混沌《こんとん》の渦《うず》の力を使った事があると考えている。暴走だけならともかく、その正確な制御《せいぎょ》には魔法が必要だろうから、既に魔法使いの援助《えんじょ》があると考えざるをえないのだ。しかしラルグウィンの一派には国営墓地と歴史資料館を襲う動機がない。そこを襲っても何も得られるものがないのだ。動機があるのは別の人間だった。

「グレバナスは既に、ラルグウィンの一派と協力体制にある。だから魔法使いが国営墓地と歴史資料館を襲ったのだ」

グレバナスは盟友であるマクスファーンの蘇生をしたいと考えている。その為にはマクスファーンの遺体や持ち物が必要となる。国営墓地と歴史資料館が襲われたのは正しくそれが理由だ。そしてその事はグレバナスとラルグウィンが協力体制にあるという事を示している。幾《いく》ら大魔法使いといえど、大地の民の存在とそれがマクスファーン一派の子孫であるという事に気付くのがあまりにも早過ぎる。誰かに教えて貰《もら》わねば、このタイミングで襲うのは流石《さすが》に不可能だった。

「別の事件であって欲しかったんだがな、ラルグウィン一派とグレバナスは……」

孝太郎はそう言うと大きくため息をついた。孝太郎達《たち》も薄々《うすうす》疑ってはいた。だがなるべく実現して欲しくない想像だった。霊子力技術で武装した反乱軍と悪の大魔法使いの共闘《きょうとう》は、想定される展開の中では最悪のものだったから。

「こうなってくると……先日のグレバナス復活も、ラルグウィン一派の仕業《しわざ》なのかもしれない」

キリハはグレバナスの復活がこのタイミングで自然発生したと考えるのは、あまりにラルグウィン一派に都合が良過ぎると感じていた。むしろ構図が逆で、ラルグウィン一派が裏で糸を引いていたと考える方が自然であるように思われた。

「でもでもぉ、悪い人達はぁ、どうやってフォルサリアの情報にぃ、辿《たど》り着いたんでしょうかぁ？　魔法についてはぁ、まだバレてなかった筈ですよねぇ？」

ゆりかのこの疑問はもっともだった。ラルグウィンの一派は霊子力技術には早々に辿り着いていたが、魔法に関する情報にはまだ辿り着いていない筈だった。流石に魔法という雲を掴《つか》むような話にはすぐには辿り着けなかったのだ。なのにグレバナスの復活と、両者の共闘の話が飛び出てきている。ゆりかでなくてもそこは奇妙《きみょう》に感じられていた。

「きっとあいつのせいだよ、灰色の騎士。あいつは霊子力技術も魔法も使うから。あいつが両方の悪者を引き合わせたんだよ」

だが疑問の答えは『お姉ちゃん』によって与《あた》えられた。灰色の騎士は霊子力技術も魔法も使う。だとしたらその出所がある筈。つまり魔法勢力とも霊子力技術勢力とも繋がりがあったという事。そして別の世界であっても、フォルサリアと大地の民は同じ場所に存在している。だからラルグウィンとグレバナスを引き合わせたのが灰色の騎士だと考えると、多くの疑問が解消するのだった。

「だが……これは逆に連中の尻尾《しっぽ》を掴むチャンスかもしれない」

キリハの目がきらりと光る。ラルグウィンとグレバナスが合流した事に脅威《きょうい》を感じる者が多い中、キリハはその逆を考えていた。

「どういう事だ？」

「技術を手に入れたという事は、彼らが確実に取る行動があるという事だ。その隙《すき》に付け入る」

キリハの言葉は曖昧《あいまい》で、孝太郎には意味が分からなかった。だがキリハに自信があるらしい事は分かる。こういう時のキリハは滅法頼《めっぽうたよ》りになるのだった。

キリハと真希が予想した通り、グレバナスが大地の民を襲ったのはマクスファーンを蘇《そ》生《せい》させる為だった。その為に必要な残留思念を集めていたのだ。墓地の遺骨や副葬品、歴史資料館の金庫にあった私物。そこから残留思念を集め、マクスファーンの魂《たましい》を再構成しようとしていたのだ。

「……襲撃には大成功した割に、不機嫌《ふきげん》そうだなグレバナス」

孝太郎達《たち》の目は完全に新しい留学生達の方を向いていたので、襲撃は大成功だった。孝太郎達は自発的に陽動にかかってくれていたようなものだったので、グレバナスは労せず望みの物を全て手に入れた。にもかかわらず、ラルグウィンの目にはグレバナスが満足しているようには見えなかった。

「私のこの姿で、よくそれがお分かりになりましたな？」

「見慣れればどうという事は無い。それに外見がどうあれ、結局は人間なのだからな」

「その仰《おつしや》りよう、どことなくマクスファーン様を思い出します」

「それで、何が問題だったのだ？」

「簡単に言うと、残留思念の経年劣化《れつか》が酷《ひど》過ぎるのです」

「なるほど、大地の民――――マクスファーンと子飼いの錬金術師《れんきんじゆつし》達は、この星へ移動してきて一万年は経《た》っているらしいからな」

「霊子力技術で解析《かいせき》の精度を上げても、やはり一万年の壁《かべ》は厚かったのです」

大地の民の首都、シアルの里を襲ったグレバナスだったが、そこで集める事が出来た残留思念は彼が望む水準には届かなかった。やはり時間の壁が厚過ぎるのだ。霊子力技術を使えるおかげで良いところまでは来ているのだが、あと一歩届かない。この状態で無理矢《むりや》理《り》蘇生しても、マクスファーンに似た何者かが出来るだけ。グレバナスが望む、マクスファーンのほぼ完全な復活には程遠《ほどとお》い代物《しろもの》だった。

「では、壁が二千年まで薄《うす》くなるならどうだ?」

「ほう………」

グレバナスの干《ひ》からびた瞳《ひとみ》が、ラルグウィンに向けられる。本来なら何も見えていない筈だが、魔法生物に転じた彼にはラルグウィンの姿がしっかりと見えている。そしてその瞳に、ラルグウィンは軽い驚《おどろ》きの感情を読み取っていた。

「………現状から考察するに、二千年なら可能性はあるでしょうな」

時間の壁が一万年から二千年まで薄くなる、それはグレバナスをフォルトーゼへ連れて行くという意味だ。そうなればマクスファーンの遺品やDNAサンプルが手に入る可能性はずっと高い。しかも経年劣化は明らかに少なくなる。マクスファーンを完全に近い形で蘇生させる可能性はずっと高くなる筈だった。

「では協力しよう。その代償《だいしょう》に、そちらも更《さら》なる協力を」

「復活させて貰った代償として技術の提供は既に約束しているが……それ以上の協力が欲しいという事でしょうか？」

ラルグウィンとグレバナスは、厳密には協力体制にはない。簡単に言うとグレバナスは魔法という武器の提供には合意したが、共闘までは合意していなかったのだ。現時点ではグレバナスの目的はあくまでマクスファーンの蘇生。あえて孝太郎達と事を構える理由はなかったのだ。

「そうだ。今後の事を思えば、お互いの協力を深めておくのが適切だ。言い方は悪いが……現代のフォルトーゼではその姿は目立つだろう」

「これは痛いところを突《つ》かれました。確かにそうなりますなあ」

グレバナスがフォルトーゼへ帰還《きかん》する手段が少ない事はもちろん、フォルトーゼで活動するのに干からびたリッチの身体《からだ》は不向きだった。魔法で外見を変えたり、出会う人間の全てに魔法をかけて強引《ごういん》に事を進める事も出来なくはないが、あまり効率的ではないしリスクも高い。そうやって強引にフォルトーゼの警備システムや他人の目を全て擦《す》り抜ける事に比べると、ラルグウィンの申し出は非常に魅力的《みりょくてき》な提案だと言える。更に言えば現代のフォルトーゼの事情についてもグレバナスは無知であると言わざるを得ない。その意味においてもラルグウィンの協力は必要に思われたのだ。

「それとお互いの安全の為に」

「流石はマクスファーン様の子孫。手厳しいですな」

　そしてこのラルグウィンの申し出にはもう一つ、大きな効果があった。それはグレバナスがラルグウィンと対立する局面が、起こりにくくなるという事だった。現時点では技術としての魔法の提供が終われば、グレバナスはラルグウィンの下を離れる事になっていた。そうなれば利益が対立する事態、もっと言うと裏切りさえも起こりかねない。だが両者が協力する期間が今より長くなれば、そういう事態は起こりにくくなる。グレバナスはフォルトーゼに帰還して最低限の活動拠点《きょてん》を得るまではラルグウィンとの対立を避《さ》けるだろうし、逆もまたそうだろう。ラルグウィンの申し出は、お互いに腹の内が読めない者同士の、安全弁としての役割もあるのだった。

「………分かりました。もうしばらくご厄介になるとしましょう」

「面倒事《めんどうごと》は少ない方が良い。それに、出来れば先延ばしにしたい」

「全くですな。ふふふふ………」

　グレバナスの私室に、彼自身の乾《かわ》いた笑い声が木霊《こだま》する。それはラルグウィンの不安を煽る、ゾッとするような声だった。だが怯《おび》えている訳にはいかない。そのグレバナスの笑い声を聞きながら、ラルグウィンはこの取り引きから多くのものを得ようと、その頭脳を働かせ始めていた。

グレバナスから今しばらくの協力を引き出したラルグウィンは、すぐにその私室を後にした。彼にもやる事は多いのだ。そしてそんなラルグウィンに部下のファスタが続く。ラルグウィンも真面目《まじめ》な顔つきだったが、この時の彼女《かのじょ》はそれ以上。どことなく決意に満ちた表情をしていた。

「ラルグウィン様、進言する事をお許し下さい」

「ファスタ？」

ファスタは自ら発言を求めていた。この予想外の行動に、ラルグウィンは軽く驚いていた。ファスタは既にかなりの期間をラルグウィンの部下として精力的に働いてきた。難しい命令であっても忠実にこなし、ラルグウィンの期待に応《こた》えてきたのだ。それだけに彼女の側から意見を言う事は少なかった。

「構わん、言ってみろ」

ただ、そういう彼女だからこそ話を聞くべきではないか、ラルグウィンはそのように考えた。この柔軟性《じゅうなんせい》は叔父《おじ》のヴァンダリオンには無い部分だった。

「ラルグウィン様、いくら青騎士《あおきし》に勝つ為とはいえ、あの者達は信用なりません！　すぐに手を切るべきです！」

ファスタの進言は、たった今ラルグウィンが話をしていたグレバナス、そして灰色の騎士についてだった。彼女は彼らを危険だと考えており、ラルグウィンは早々に彼らと距離《きょり》を取るべきだと考えていた。

「あの醜《みにく》い姿に抵抗《ていこう》があるのは分かるが、実際に口に出すのはいただけないな」

「そんな事を言っているのではありません！」

これは思い付き等ではなく、しばらく前からファスタが考えていた事だった。グレバナスと灰色の騎士は、何を考えているのかが分からなかった。目的がどこにあるのか分からない相手との取り引きは危険以外の何物でもない。それぐらいなら違法《いほう》業者との付き合いの方が安全だった。違法業者の目的は金だとはっきりしているので、リスクの計算が成り立つ。それに対してグレバナスと灰色の騎士が相手では、そのリスクの計算が成り立たない。結果は曖昧に予想するしかなく、ファスタは不安を募《つの》らせていた。

「分かっている。だが彼らと手を切るという事は、青騎士に勝てなくなるという事でもある。それはここまでの我々の努力も犠牲も全てが無駄《むだ》になるという事だ」

ラルグウィンもファスタが言っている事を考えなかった訳ではない。だが叔父のヴァンダリオンが皇家との戦いに費やした時間と労力は計り知れない。またその為に費やされた命と金も数え切れない。ラルグウィンがグレバナスや灰色の騎士と手を切るのは容易《たやす》い事だ。だがそれをすると青騎士《あおきし》に勝てなくなる。それは皇家に勝てないのと同義で、これまでに失われたものが全て無駄になってしまうという事でもあった。ラルグウィンにはそれが出来なかった。魔法の安定供給が実現されるまでは、彼らと手を切る訳にはいかないのだった。

「しかし灰色の騎士は最初から、しばらくは共闘できる………つまりいずれ袂《たもと》を分かつと言っています！」

灰色の騎士がラルグウィンと共に行動するのは、現時点では互いに利益があるからだ。だがその先は分からない。仮に灰色の騎士もフォルトーゼ征服《せいふく》を狙うのであれば、どこかの時点で両者は対立する。手の内を知られている相手が突然牙《とつぜんきば》を剥《む》く構造なので、手を切るのは早い方が良い筈だった。

「それを幾らか先延ばしにする努力をしようというのだ。これで連中は、少なくともフォルトーゼへ行ってしばらくは我々を裏切れん。今後しばらくの安全は保証された訳だ」

まだ手を切れないから、ラルグウィンは次善の策を採った。ラルグウィンとしては今回の取り引きで重要視していたのは、やはり自勢力の安全。ラルグウィンもファスタ同様、グレバナスも灰色の騎士も信用していないのだ。

「私はラルグウィン様を心配しているのです！」

「ファスタ………」

「ラルグウィン様が彼らに取り込まれてしまう事を恐《おそ》れているのです！」

グレバナスの異形の姿、灰色の騎士の得体の知れない技術。この分ではどんな恐ろしい技術や手段が飛び出してくるか分かったものではない。それがラルグウィンに振《ふ》るわれたとしたら、ラルグウィン一派の乗っ取りさえ起こりかねない。ファスタはそれを心配していた。だがそれは建前だ。本当の理由は、ラルグウィンを心配していたからだった。皇家と敵対するという悪事に手を染めたラルグウィンではあるが、長く仕えた主人であり、共に死線をくぐった仲間でもある。だからファスタにはラルグウィンを見捨てるような事が出来なかったのだ。

「………ファスタ、フォルトーゼに帰ったら、そのままこの軍を抜けろ。お前一人くらいなら、偽《にせ》の身分を作る事ぐらい造作もない」

「ラルグウィン様!?」

ファスタは目を見張った。これは彼女が想像もしていなかった言葉だった。冷徹《れいてつ》なラルグヴィンからこういう言葉が出てくるとは思ってもいなかったのだ。ラルグヴィンは先日、脱走《だっそう》しようとした兵士を裏切り者として処分したばかり。ファスタは自分も裏切り者として糾弾《きゅうだん》されるだろうと覚悟《かくご》した上で、あえてラルグヴィンに進言した。だからラルグヴィンのこの言葉は本当に予想外だった。

ラルグヴィンは野望を抱《かか》え、同時に叔父を倒した男への復讐《ふくしゅう》に燃えていた。その為になら民間人の犠牲も容認《ようにん》し、それを利用する事も辞さない。それでも彼は完全な邪悪《じゃあく》に染まり切っている訳ではなく、長く共に戦ってきた仲間を大切に思う気持ちも幾らかは持っていた。ヴァンダリオンに似た気質の持ち主ではあっても、完全に同一ではないのだ。脱走《だっそう》兵《へい》を厳しく処分するのも仲間を守る為に必要な事だった。ラルグヴィン一派は地球で孤立《こりつ》しているので、脱走兵からの情報漏《も》れは部隊全体を崩壊《ほうかい》させかねない。それに自分達の拠点に攻《せ》め込まれた時も味方に全滅《ぜんめつ》するまで戦えとは言わず、自ら敗北を認め降伏《こうふく》しようとさえした。もしラルグヴィンに仲間を大切にする気持ちが全くなかったならば、地球での単独任務は早々に失敗していただろう。

そんなラルグヴィンだから、この時のファスタの進言を裏切りとは考えなかった。ファスタが本当の裏切りを考えているなら、何らかの任務の最中に黙《だま》って脱走を試みるだろうからだ。あえてラルグウィンの前に出てきて進言するメリットは彼女にはない。むしろ上官に対する不服従で処罰《しょばつ》を受ける可能性がある危険な行為《こうい》だ。だからラルグウィンは彼女を処罰しなかった。その代わりに彼は、ファスタが不安に思う事に、彼女自身が巻き込まれないよう道筋を与えたのだった。

「普通《ふつう》に暮らせ。平凡な幸福を追え。お前は素晴《すば》らしく優秀だが……優し過ぎる」

フォルトーゼは広い。戦争になったとしても、ファスタが住む星系を作戦行動から外す事など容易な事だ。つまりこの先どうなろうと、ファスタは生き残る。有能な味方が去るのは惜《お》しい。腹立たしくもある。それでも命懸《いのちが》けで自分を心配してくれた仲間を、ラルグウィンは処分する事が出来なかった。

追跡　八月二十三日(火)

早苗《さなえ》には素朴《そぼく》な疑問があった。この世界の早苗は『早苗ちゃん』と『早苗さん』が一つの身体に宿っているが、完全に一つになったとは言い難い。また両者がそれを望んでいないという事情もあった。そんな訳で『早苗ちゃん』と『早苗さん』はしばしば同時に姿を見せる。だが『お姉ちゃん』はそうではない。彼女は常に一人だった。

「とゆー訳でさ、『お姉ちゃん』の『早苗さん』はどうなったの？」

ちゃぶ台にだらっと身体を預けている『早苗ちゃん』は、隣《となり》でお茶を飲んでいる『お姉ちゃん』を目だけで見上げた。すると頭上を漂《ただよ》っていた『早苗さん』が『早苗ちゃん』をたしなめた。

『駄目《だめ》だよ「早苗ちゃん」、とゆー訳だけじゃ意味不明だよ！　私が相手じゃないんだから、ちゃんと説明しないと』

「えっとぉ、『お姉ちゃん』はいつも一人だから、もう一人のあたしがどうなったのか気になりました」

「少し前にパワーアップしなきゃいけない事情があって、その時に完全に合体したの」

「待って待って！　あたし達って完全合体でパワーアップすんの⁉」

「うん。いつでも二人になれるようにしてると、重複して無駄になってるトコも残さないとダメでしょ？　それがなくなるから、速さも強さもうなぎ登りなのよ」

　別の世界の早苗は霊力《れいりょく》の最大容量を増やす為に、二人の早苗を完全に融合《ゆうごう》させた。彼女が大人びて見えるのは年齢《ねんれい》の差だけでなく、二人が完全に融合したからでもあるのだ。この世界の早苗は部分的な幽体離脱《ゆうたいりだつ》をして二人になる事が出来るが、一つの魂を二つの魂として機能させる為に魂の重複部分を意図的に残している。それを維持《いじ》する為にも霊力が必要なので、結果的に早苗の能力を削《そ》いでいる。そして完全な融合によって重複部分を消せば、彼女はより多くの力を発揮できるようになる、という訳なのだった。

　───そうしなきゃ、こっちの世界に渡《わた》れなかったんだよ……。

　彼女が完全な融合を決断したのは、次元の壁を超《こ》える為だった。幾ら彼女が非常識なまでのパワーを持っていても、次元の壁を超える際に身体と魂が砕《くだ》け散らないようにするのは困難だった。霊子力《れいしりょく》技術を使えば必要なかったのだが、あの時は時間がなかった。あの時に次元の壁を超えるには多くの霊力が必要で、だからその決断をした。彼女とて出来ればニ人のままでいたいと思っていたが、背に腹は変えられなかった。

「合体しよう！」

『駄目だよ、そんな安易に決めちゃ。パワーアップが面白《おもしろ》そうってだけでしょ？』

「うん！」

『完全に融合したら戻れなくなるんだから、安易にやっちゃ駄目だよ！』

「え……戻れないの？」

「うん。残念だけど」

「じゃーやらない」

話を聞くと興奮してすぐさま完全に融合したがった『早苗ちゃん』だったが、戻れないと聞くと一気に興味を失った。彼女には『早苗さん』を失ってまで強くなる理由は存在していなかった。

「それが良いと思うよ」

もう一人の早苗――『お姉ちゃん』は軽く目を細めて微笑《ほほえ》む。彼女とて出来れば二人のままでいたかった。結局は自分自身なのだとしても、二人でお喋《しゃべ》りをしながら過ごしていく毎日は楽しかったから。彼女の表情は笑顔のままだったが、その裏には少しばかり寂《さび》しい気持ちが隠《かく》れていた。

「って事は………一人になったら三人になったって事か。漫画《まんが》みたいだな、お前」

ぽんぽん

そんな『お姉ちゃん』の気持ちを知ってか知らずか、孝太郎《こうたろう》の大きな手が彼女の頭の上に乗る。この時、彼女は孝太郎の言葉に驚いていた。

――――一人になったら三人に………？

それはこれまで彼女が気付かなかった考え方だった。一人になってしまったと思い込んでいたのだ。

「よし、折角《せっかく》なので『お姉ちゃん』とも有線接続」

『あぁん、勝手にやっちゃ駄目だってば！』

「ダイジョーブ、嫌《いや》なら切るって。えいやっ！」

この世界の早苗達《たち》は、常に霊力のケーブルで繋がっている。それを使って情報やエネルギーのやり取りをしているのだ。『早苗ちゃん』はそのケーブルをもう一本増やし『お姉ちゃん』とも接続した。元々が自分自身なので、接続はスムーズに終わり、膨大《ぼうだい》な情報とエネルギーとが三人を循環《じゅんかん》し始める。三人はすぐに霊力を介《かい》して話を始めた。

『改めてヨロシクね、「お姉ちゃん」』

『ごめんなさい、「早苗ちゃん」が急に』

『そんな事ない。ありがとう、二人とも』

失われたと思ったものが帰って来た。しかも一人増えた。それは『お姉ちゃん』にとって嬉《うれ》しい事だった。けれど『お姉ちゃん』はぽろぽろと涙《なみだ》を零《こぼ》している。それが何の感情に根差しているのかが分かっていたので、二人の早苗はあえて何も言わなかった。

「……あれ？　どうしたの、キリハ？」

代わりに『早苗ちゃん』が口にしたのは、キリハの名前だった。接続した霊力のケーブルから彼女の情報が伝わって来たのだ。大人びている分だけ『お姉ちゃん』はその事に気付くのが早かったのだ。

「何でもない、少し……考え事をな」

キリハは何事もなかったかのように微笑んだが、高速通信中の三人の早苗の目は誤魔化《ごまか》されなかった。

「孝太郎、キリハがコードレッド！　至急救助と治療《ちりよう》にあたって下さい」

「コードレッドの意味は分からなくもないが、救助と治療の意味が分からん」

「近くに言って話を聞くの！」

「最初からそう言え」

早苗らしい表現に戸惑《とまど》ったものの、孝太郎も早苗が言っている事自体は賛成だった。キリハは何事も限界まで一人で抱え込んでしまう傾向《けいこう》があるのだ。

「んで、何を隠してるんだキリハさん？」

「何も隠していない」

キリハは目を伏《ふ》せる。彼女らしくない仕草だが、それだけ彼女が深刻な問題を抱えているという事でもあった。そこで孝太郎も普段《ふだん》ならやらない行動に出た。

「コラ言え！　俺《おれ》に隠《かく》し事《ごと》をしても良い事は無いぞ！」

孝太郎は両手でキリハの顔を捕《つか》まえると、ぐりぐりと両頬《りょうほお》をこねくり回し始める。困惑《こんわく》しているキリハの美貌《びぼう》が、孝太郎の手の中で変形していく様はなかなか見れるものではない。それを見た孝太郎は、不思議と幼い頃《ころ》のキリハの事を思い出して笑顔になった。そんな孝太郎の顔を見たのが止《と》めだった。キリハは観念して話し始めた。

「……………少し、追跡が遅《おく》れている。もしかしたら夏休み明けに間に合わないかもしれないのだ」

キリハが微笑みの裏で悩《なや》んでいたのは、ラルグウィン一派の尻尾を捕まえられずにいる事だった。キリハはラルグウィンがグレバナスと手を組んだ前提で、彼《かれ》らを追っていた。彼女が目を付けたのは物流。物の流れを追いかける事で、彼らを見付けようと考えていたのだ。

「前に言ってたやつか」

「うむ。霊子力技術にせよ魔法にせよフォルトーゼの科学技術にせよ、希少な物質を使う事には変わりない。そこから追えるだろうと踏《ふ》んだのだが……留学生の到着《とうちゃく》には間に合わないかもしれない公算が高くなってきたのだ」

希少な物質はその名の通り希少であるので、そもそも流通量が少ない。例えば霊子力技術の場合は霊子力コンデンサーに使うクリスタルがそれにあたり、技術の根幹を支えている、なくてはならない物質だ。そうしたものが霊子力、魔法、フォルトーゼの技術と三種類存在していて、最終的には一ヶ所――――ラルグウィン一派の拠点に向かう。三つ全《すべ》てを同時に必要としているのはラルグウィン一派だけなので、キリハが考えた通りそれらの流れを追えば、彼らの拠点を見つけ出す事が可能な筈《はず》だった。

「本当なら夏休み中に決着を付けられれば良かったのだが……どうやらそういう訳にはいかなくなったようだ」

ラルグウィン一派が新しい留学生達《たち》の歓迎《かんげい》式典を狙うのはほぼ間違《まちが》いない。地球人がフォルトーゼからの留学生を歓迎する式典を攻撃《こうげき》すれば、どちらの世論も二つに割る事が出来る。政情を不安定にしたいラルグウィン一派にしてみれば、式典は理想的なターゲットなのだ。またナルファが狙われた時のように、攻撃したのは地球人であるかのように見せかければ更に効果的だろう。正しく正念場といった状況《じょうきょう》で、孝太郎達としてはその前にラルグウィン一派との決着を付けたかったのだ。

「それはキリハさんのせいじゃないだろ」

「ほんの数日の差で人的被害《ひがい》に大きな差が出るのだ。呑気《のんき》にしてはいられない」

最初にキリハが自信を見せていた通り、追跡の手段としては正しかった。だが問題は時間だった。ラルグウィン一派が三つの技術を得た事で、結果的に彼らを追う事自体の難易度が下がった。だが追跡に使える時間が不足していた。物流という意味においては、確かに追いやすくなった。だが要所要所でそれらの技術が追跡を阻《はば》む。追跡は二歩進んでは一歩下がるというような状況で、キリハは今のペースでは留学生の到着に間に合わないのではないかと予想していた。

「キリハさん達は俺に、一人で責任を背負い込むなと言う癖《くせ》に、自分達は一人で背負い込むのが好きだよな」

孝太郎はそう言いながら引き続きキリハの顔をぐにぐにとこねくり回す。キリハが居なければこのやり方での追跡自体が出来なかったのだから、間に合わない事に関して彼女に責任は無い。追跡は誰《だれ》が担当しても間に合わなかったのだ。ならばそれは関係する全ての人間の責任であって、強《し》いて言えば地球問題担当のティア、あるいは軍の総司令である孝太郎の責任だろう。キリハが一人で背負い込む必要はないものだった。

「汝《なんじ》の責任にしたくないという、女の事情もあるのだが」

「誰の責任にもしたくないだろ、こんなもの。テロの責任が誰にあるってんだよ」

「それは分かっているのだが……割り切るのはなかなか難しい」

天下獲《てんかと》りの為《ため》のテロ攻撃、それはやる側が悪いのであって、やられる側が悪いのではない。キリハもそこは分かっている。分かっていてもどうしても割り切れないのが、多くの人の命がかかっている時だろう。やはりキリハは優《やさ》し過ぎるのだった。

「何と言ったら良いんだろうな……うん、誤解をさせるかもしれないけど、覚悟の上であえて言うなら……それでも、そこが割り切れないキリハさんでいてくれて嬉しい」

孝太郎はキリハが悩んでいる事が嬉しいのではない。沢山《たくさん》の犠牲者《ぎせいしゃ》が出る事も望んでいない。ただキリハが、そこで心を痛める優しい少女である事が嬉しい。孝太郎自身も、その優しさに何度も救われていたから。

「孝太郎……」

幸いキリハは孝太郎の言葉を誤解しなかった。同じ事を彼女の方も孝太郎に思っていたから。そして孝太郎がそう思ってくれている事を嬉しく思い、少しだけ肩《かた》の荷が下りた気がした。

「……だったら、今後も我が落ち込んでいる時には力になって欲《ほ》しい」

キリハは嬉しそうに目を細め、孝太郎に笑いかける。どんな時にも例外なく味方をしてくれる人間がいると信じられる事は、大きな力になる。たとえ進む道の先に大きな困難が待ち構えていようとも、足を前に出す勇気になってくれる。

「当たり前だろ。そういうもんだろう、お互《たが》いにさ」

「良く言った孝太郎！　それでこそ侍《さむらい》、日本男児！」

早苗は上機嫌《じょうきげん》だった。最近の孝太郎は少女達の気持ちにも気を配ってくれる。それは他人の感情が読める早苗には居心地《いごこち》の良さに直結する。

「そうか、だったらこちらもその為の準備をしておくとしよう」

「キリハさんには準備なんか要《い》らないだろ」

「なに、下着を大胆《だいたん》なものに変えるだけだ」

「ちょ、ちょっと待て！　キリハさん的には力になるってそっちの意味なのかっ⁉」

「今の我らにとっては、どちらも同じ意味だと思うのだが」

キリハには冗談《じょうだん》を言う余裕《よゆう》が戻《もど》ってきていた。真面目で心優《こころやさ》しいのは人として優《すぐ》れた部分と言えるだろうが、問題に悩むあまり心の余裕を失うのでは、結果を悪化させる事にもなりかねない。孝太郎はキリハの助けになったと言えるだろう。引き換《か》えに孝太郎自身は困った状況になっていたのだが。

『姐《あね》さん、調査チーム十四から緊急連絡《きんきゅうれんらく》だホ！』

『調査中だった魔法素材の専門店から、ラルグウィン一派に素材が流れていた事が分かったホ！』

追い詰《つ》められた孝太郎を救ったのは埴輪《はにわ》達《たち》だった。二体の埴輪はキリハの部下達からの通信を受け、捜査《そうさ》が大きく進展した事を告げた。おかげでキリハの冗談は有耶無耶《うやむや》になった。ようやくラルグウィン一派の尻尾を掴む事が出来たのだ。

「よくやった調査チーム！　本当によくやったぞ！」

「残念だ。折角の新しい下着が無駄になったようだ」

キリハは口では残念であるかのように言っていたが、その表情は残念なようには見えない。やはり留学生の到着前にラルグウィンの尻尾を掴んだのは大きかった。

物流を追うと一言で言うと簡単に聞こえるかもしれないが、実際には三つの技術に関してそれぞれ別個に追跡していく形で始め、それらの情報を統合する事で徐々《じょじょ》に絞《しぼ》り込んでいく複雑な手法だ。例を上げると、個々には最後まで追い切れなくても、三つ全てが特定の都市の周辺で痕跡《こんせき》が途切《とぎ》れたなら、それは十分な成果と言える。その都市に持ち込まれた事はほぼ確定するからだ。そして次はその都市に絞ってより詳細《しょうさい》な調査を――――というような形で少しずつ包囲の輪を狭《せば》めていくのだ。

科学技術方面からのアプローチは希少金属の物流を追う形で始まった。フォルトーゼの科学技術体系であっても、プラチナのような希少金属は常に必要だ。つまりその流れの先にラルグウィン一派がいるという事になる。ただし、これだけでは対象が多過ぎて絞り込めない。それらは地球の技術でも使うからだ。他の二つの技術も同様に物流を追い、共通して流れ込んでいく場所を見付け出す必要があった。

霊子力技術方面からのアプローチは、主に霊力を貯《た》め込む霊子力コンデンサーに必要なクリスタルを追う形になった。霊子力コンデンサーは霊子力技術の根幹にある技術だ。これがあるから周囲の霊力を集めて、武器や道具を動かす事が出来るのだ。そうでなければ早苗のような霊能力者《れいのうりょくしゃ》しか霊力を帯びた武器や道具が使えなくなる。ラルグウィン一派が霊能力者を何人も連れているとは思えないので、クリスタルを追えば彼らに辿り着く事が出来る筈だった。

魔法《まほう》方面からのアプローチは、儀式魔法《ぎしきまほう》で必要な材料を追う。魔法の武器を作る場合、儀式魔法で行われるのが一般的《いっぱんてき》だ。銃弾《じゅうだん》一発だけならともかく、一定量の武器を作ろうとすれば、必要な魔力《まりょく》の量が一人の魔法使《まほうつか》いでは賄《まかな》い切れなくなる。だが儀式魔法にすれば特別な素材と多くの時間を使う事で必要な魔力を大幅《おおはば》に削減《さくげん》できる。つまりその為の素材を追えば、儀式魔法――――この場合は魔法の武器や道具が作りたいであろうラルグウィン一派に行き当たる筈だった。

今回はそうした三つのアプローチで得た情報を重ね合わせてラルグウィン一派の尻尾を掴んだ。決定的だったのが、儀式魔法の素材だった。そもそもフォルサリアの総人口が少ないので魔法素材の店も限られ、しかも登録制だったのが大きかった。おかげで横流しからブラックマートへ流れた素材を追う事で、ラルグウィン一派に辿り着く事が出来た。とはいえ、この結果は他の二つが先に絞り込んでくれた結果でもある。魔法方面の担当者が若干活躍《じゃっかんかつやく》したとは言えるだろうが、やはり調査チーム全体の勝利と言うべきだろう。

「それで、どんな場所なんだ?」

孝太郎はちゃぶ台を囲む顔を一通り眺《なが》めてから、話を切り出した。一〇六号室には孝太郎達十一人に加え、ネフィルフォランとナナの姿がある。非公式ながら、フォルトーゼとフォルサリア、大地の民の緊急《きんきゅう》会合の様相を呈《てい》していた。それが必要な相手と状況である事は、誰もが理解していた。

「大胆にも吉祥春風《きつしようはるかぜ》高校の近くだ。別の山だがな」

キリハは壁に地図を表示しながらそう答えた。続いてクランが日本政府側から提供されたデータを呼び出して、キリハの説明を補足する。

「……大昔の防空壕《ぼうくうごう》をそのまま利用したようですわね」

「政府保有の土地にある防空壕なら、出入りさえ見られなければ誰も気付かない。まさに灯台下暗《とうだいもとくら》し、ってやつね」

静香《しずか》はクランの言葉に感心した様子で大きく頷《うなず》く。大家という仕事の兼《か》ね合いで、同業者や資産家との会合は少なくない。そういう時に防空壕の話が稀《まれ》に話題に上る。地下で見付かった防空壕のせいで測量をやり直す事になった、というような感じだ。

多くの場合、防空壕は放置されている。しかもその性質上、見付かりにくい場所にあり、しかも戦後のゴタゴタで記録が失われている物も少なくない。防空壕はラルグウィン一派が拠点に転用するには狙《ねら》い目《め》の物件だったのだ。

「気を付けたいのは、彼らにその情報を与えた者がいるって事でしょうね。あるいはよっぽど気を使ったか……」

この言葉を口にする時だけ、静香の眼差《まなざ》しが鋭《するど》くなった。孝太郎達に見付け難《にく》いという事は、本来ラルグウィンの一派にも見付け難かった筈だ。そうなると考えられるのは、そういう情報を持っている人間が協力したか、よっぽど時間をかけて調べて万一に備えていたか、という事になる。静香は前者を懸念《けねん》している。意図的かどうかは別にして、静香の知り合いが協力している可能性があるからだった。

「同感だ。地上に協力者がいる、あるいは強制的に協力させられている、という可能性は排除《はいじょ》しない方が良いだろう。攻撃時に気を付けたいポイントだ」

キリハも頷く。下手をすると人質《ひとじち》が捕《と》らえられているケースもあるだろう。その場合、武器の種類によってはそうした人々を危険に晒《さら》す。そうでない可能性も十分にあるだろうが、頭の片隅《かたすみ》で常に意識しておきたい問題だった。

「攻撃時に………という事は、やはり攻撃するんですね？」

晴海《はるみ》はキリハの言い回しから、彼女が既《すで》に攻撃を決断している事に気付いた。晴海は平和主義だが、戦いが必要な時もある事は重々承知している。彼女の瞳には静かな決意が宿っていた。

「残念ながらそういう事になる。のんびりしていて向こうの準備が整ってしまうのはまずい。それに式典も迫《せま》っている」

キリハも晴海に負けないくらい平和主義なので、その言葉は重い。内部の情報が乏《とぼ》しいうちに攻撃を仕掛《しか》けるのは危険だが、待っていては致命的《ちめいてき》な結果になりかねない状況にある。キリハは危険でも攻めねばならないと判断していた。

「あたしもそれが良いと思う。あいつが黙ってじっとしてる筈がない」

早苗────『お姉ちゃん』が真剣《しんけん》な顔で同意する。彼女の場合は状況というより、一人の人間を危険視していた。彼女が言う『あいつ』は、灰色の騎士《きし》の事だ。仲間の多くを奪《うば》われた彼女だから、灰色の騎士の危険性は無視出来なかった。

「という事は一点突破《とっぱ》の電撃戦《でんげきせん》になるという事ですね」

真希《まき》はそう言いながら防空壕の図面を眺める。以前ラルグウィン一派の拠点を攻めた時とは状況が違《ちが》い、彼らに超常的《ちょうじょうてき》な脱出《だっしゅつ》手段がある事が分かっている。つまり包囲して一網打尽《もうだじん》を狙う余裕はないという事。敵が撤退《てったい》を決める前に、一気《いち》に決着を付ける必要があった。

「攻め《せ》口《くち》は正面か、裏手の監視所《かんししょ》………兵力を展開する都合を考えると正面から行くのが正解か………」

ネフィルフォランは真希と同じ図面を見ながら、頭の中で攻撃作戦を練っていく。今回は被害の大きさを考える余裕はない。早期決着が最優先なら、危険と分かっていても兵力を展開しやすい正面からの攻撃を考えざるを得なかった。

「連隊長、私と真希さんで正面から突入《とつにゅう》するフリをするのはどうでしょう?」

そこへ待ったをかけたのがナナだった。正面からの突入は敵も一番警戒《けいかい》している。そこへ幻術《げんじゅつ》の軍勢を引き連れたナナと真希が突っ込んでいくフリをすれば、一瞬《いっしゅん》だけ敵の防衛《ぼうえい》網《もう》が揺《ゆ》らぐ。その隙《すき》に裏から突入すれば、早さを維持しながら犠牲《ぎせい》を最小限に抑《おさ》えられるのではないか――それがこの時のナナの考えだった。

「流石《さすが》は我が連隊の『魔法使い』、それで行きましょう」

ナナの考えはネフィルフォランにも正しいと感じられた。だが即断《そくだん》は良くない。ネフィルフォランはキリハの方を見た。

「どう思いますか、キリハさん」

「……………大まかには賛成です」

キリハは丁寧《ていねい》な言葉《ことば》遣《づか》いで頷いた。相手は他国の皇女で、親友以上のティアと同じ扱《あつか》いではまずかった。

「大まかという事は、改善点があるという事ですね?」

「裏から主力を投入する場合には使える兵力が限られますから、残りと予備兵力を正面に回し、時間差で突入を」

「陽動と見せかけての両正面作戦?」

「はい。その方が一気に片付くのはもちろん、人質がいる場合を考えると、どちらかに兵力が偏《かたよ》るのは避けたいところです」

キリハの考えは、ネフィルフォラン率いる攻撃部隊が裏から突っ込むまでは同じで、その先に違いがあった。裏手は正面よりも狭《せま》いので、投入出来る兵力は限られる。当然、全軍投入など出来ないので、正面にも兵を伏せておいて裏手の突入に連動して攻撃する。こうすれば効率良く攻撃できるというだけでなく、人質を取られて強制的に協力させられている技術者や魔法使いが居る場合には全体の捜索《そうさく》が必要なので、正面と裏の双方《そうほう》から捜索が出来るこの配置は必要だった。

「なるほど、確かにそれが良いですね」

ネフィルフォランは感心したように頷く。ネフィルフォランとナナの作戦からは、人質問題への対応が抜《ぬ》け落ちていた。キリハの案はそれを補い、攻撃力《こうげきりょく》も十分。ネフィルフォランはこの時点でほぼキリハ案を採用するつもりでいた。

「他《ほか》にどなたかご意見は？」

『………』

孝太郎と少女達《たち》は沈黙《ちんもく》を守った。キリハの案で間違いないと感じていたのだ。

「ちょっと宜《よろ》しいでしょうか？」

手を上げたのは晴海。彼女には一つだけ意見があった。

「私と里見《さとみ》君を裏側に置いて下さい。ゆりかさんは正面に。裏側には瞬間的《しゅんかんてき》な攻撃力、正面には持続的な攻撃力が必要です」

晴海が気にしていたのは魔法使いの配置だった。今回は恐らく魔法使いが必要になる。グレバナスが合流している筈なので、片方にだけ魔法使いが居る状態は危険だった。その意味では孝太郎と晴海が裏側、真希とゆりかが正面というのは非常にバランスが良い配置といえるだろう。

――――本当に、このハルミという人物は何者なのか………時折飛び出すこうした冷静な見識といい、物事に動じない堂々たる風格といい、シグナルティンを自由に操《あやつ》る能力といい。ただの一般人《いっぱんじん》にしては、あまりに………。

ネフィルフォランは晴海の提案に文句は無かった。単純にネフィルフォランとキリハの見落としていた事だった。だがそれだけに不思議に思うのだ。桜庭《さくらば》晴海はあまりに出来過ぎている。青騎士《あおきし》の隣に立っていても全く見劣《みおと》りしない、究極の一般人。まるで白銀《しろがね》の姫《ひめ》をそのまま庶民《しょみん》に置き換えたかのようだった。

――――ふっ………我ながら夢みたいな事を考えている………だいたいベルトリオン卿《きょう》の仲間なのだから、ある程度考え方が似るのは必然………ふふふっ………。

ある程度の共通点があるから仲間になる。そして仲間になった後にも影響《えいきょう》を受ける。そういうものだろう――ネフィルフォランはそう考え、胸の内で笑うのだった。

電撃的《でんげきてき》な攻撃作戦を遂行《すいこう》する上で、一番重要なのは敵に気付かれない事だった。その為に使える兵力は限られる。ネフィルフォラン連隊の全兵力はおよそ二千五百。だがこの場所に連れて来ているのはその八分の一程度、二個中隊三百二十人だった。これ以上の数は発見される可能性が高まるだけだし、防空壕の裏口の規模からしてもこれ以上は無駄だ。防空壕内を鮨詰《すしづ》め状態にしてしまっては意味がないのだ。

その三百二十人のうち、防空壕の裏側に来ているのは二小隊八十人。彼らは防空壕の裏側にある監視所を攻撃すべく、その周囲を囲むように配置されていた。この八十人はネフィルフォラン隊の中でも拠点攻撃《きょてんこうげき》や対艦《たいかん》・対宇宙ステーションなどの、揚陸《ようりく》や突入の作戦を担当する事が多い精鋭《せいえい》部隊だ。ネフィルフォラン自らが指揮を執《と》り、彼女《かのじょ》らは数々の戦果を挙げてきた。今はそこにフォルサリアから出向してきたナナも加わっているので、その力は更《さら》に高まったと言えるだろう。

『連隊長、こちらは配置に就きました。後続部隊も展開を完了《かんりょう》』

そのナナから通信が入っていた。彼女の少女じみた立体映像がネフィルフォランを見つめている。ナナがネフィルフォラン隊に出向してから数ヶ月。部隊内で一番可愛《かわい》らしいナナではあるが、既にその実力が周知されていて、副官としての地位は確固たるものとなっていた。

「そうか。ならば時間通り始めよう」

ネフィルフォランは落ち着いた様子でナナに頷き返した。ネフィルフォランにとってこの手の突入作戦は日常茶飯事《にちじょうさはんじ》。作戦前の緊張《きんちょう》感はあったが、戸惑っている様子はない。魔法や霊子力技術についてはきちんと対策をしてきたので、彼女としてはいつも通りにやるだけだった。

「………気の短いティア達がよく我慢《がまん》したもんだ」

孝太郎はナナとネフィルフォランの会話を聞いて小さく笑っていた。孝太郎はネフィルフォランから少し離《はな》れた場所にいる。こういう重要な状況では、彼女のような人間の邪魔《じゃま》はしない方が良いと分かっているのだ。ちなみにナナはティア達と一緒《いっしょ》に、防空壕の正面側にいる。ティアはとにかくまず攻撃という性格なので、こういう作戦ではいつもイライラしている。ティアは攻撃開始を今か今かと待っている筈だった。

「そこはルースさん達が上手《うま》くやって下さったんでしょうね」

晴海が小さく微笑む。この場所には孝太郎の他に、晴海と『お姉ちゃん』、静香の姿がある。大まかに言うと最大の攻撃力を持つメンバーが集められていた。

「向こうのあたしはティアと一緒にイライラしてそう」

「こっちの早苗ちゃんは違うの？」

「もー、静香ぁ、あたしだって時間が経《た》てば少しは成長するんだよぉ」

「ごめんごめん」

孝太郎達もこの手の局面は数多くこなしているので、油断はしていないが、過剰《かじょう》な緊張もない。強いて言えば、静香がかくれんぼ的な状況に若干《じゃっかん》の不安を感じているくらいだろう。彼女は性格的に逃《に》げ隠れするのが苦手なのだった。

「あれ？」

不意に早苗の表情から感情が抜け落ちる。

「どうした早苗」

「なんかおかしい。この距離《きょり》だとよくわからないんだけど、中が変にザワついてる」

早苗が気にしているのは、監視所の向こう側にある防空壕の中。距離があるし霊子力技術でも守られているので、そこにいる人々の感情をはっきりと読み取る事は出来なかったが、彼らが何かに慌《あわ》てている事だけは感じ取っていた。

「ねえ孝太郎、向こうのあたし達《たち》に言って、三人で――」

ビー
『おやかたさまっ、軌道《きどう》上の艦隊《かんたい》から緊急連絡が！　所属不明の艦船《かんせん》に攻撃を受けているとの事です！』

「なんだって!?」

ルースの悲鳴じみた報告が通信機から飛び出してきたのは、そんな時だった。そして報告はそれだけに留《とど》まらなかった。

「消えた！　孝太郎、中の人達が消えたよ！」

『ベルトリオン、中規模の時空震《じくうしん》を検知！　監視所と防空壕の中から、相当数の人間と物資が何処《どこ》かへ移動したようですわ！』

孝太郎達が攻撃を仕掛けようとした直前、軌道上の艦隊が攻撃を受けた。ほぼ同時に監視所と防空壕の中から人と物資が消えた。それが意味する事は、孝太郎にもよく分かっていた。

「奴《やつ》らの狙いは艦隊だ！　艦隊を破壊《はかい》して俺《おれ》達を地球に足止めして、一度フォルトーゼへ帰る気でいるんだ！」

ラルグウィン一派は地上でテロ攻撃をしてくるに違いない――そんな孝太郎達の思い込みの隙を衝《つ》かれてしまった。今の彼らの狙いは、軌道上に停泊《ていはく》しているフォルトーゼの艦隊にダメージを与《あた》える事だった。

軌道上に停泊しているフォルトーゼの艦船はそれほど多くはない。まずはクランの『朧《ろう》月《げつ》』とネフィルフォランの『葉隠《はがくれ》』、皇族級宇宙戦艦《せんかん》が二隻《せき》。他はフォルトーゼの外交使節団の艦隊で、宇宙戦艦が三隻。だがうち一隻は完全に使節団の移動用で、戦闘《せんとう》向きの仕様にはなっていない。それを護衛する二隻は通常の宇宙戦艦なので、戦闘に使える宇宙戦艦は合計で四隻という事になる。ラルグウィン一派はこれまで、この四隻に勝てないから行動が地上に限定されていた。強引《ごういん》に攻撃しても返り討《う》ちに遭《あ》うし、追跡されてしまうのでフォルトーゼに逃げ帰《かえ》るのも難しい。また青騎士《あおきし》の力の謎《なぞ》も解けていなかった。おかげで一旦《いったん》フォルトーゼに逃げ帰って態勢を立て直す、という選択肢《せんたくし》が存在していなかった。だがその事情は遂《つい》に覆《くつがえ》された。彼らは青騎士の力の謎を解いた事で、奇襲《きしゅう》であれば問題の四隻に勝てると考えるようになった。後はどう奇襲するのかという話になるが、その為に地上の拠点《きょてん》を囮《おとり》に使った、という訳なのだった。

「一度フォルトーゼに帰る前提なら、霊子力兵器も魔法の武器も、そう多くは必要ない。私の協力を取り付けたのだから、向こうでのんびり生産すればいい――だからといって拠点一つ丸ごと囮に使うとは……恐《おそ》ろしい手を考えましたなぁ、ラルグウィン殿《どの》」

ラルグウィンの宇宙戦艦のブリッジに、グレバナスの姿があった。科学技術の粋《すい》を集めて作られた宇宙戦艦とミイラのようなグレバナスの姿は酷《ひど》くミスマッチだ。だが当のグレバナスは落ち着いている。優れた頭脳を持つ彼は、既に宇宙や宇宙戦艦について大まかに理解しつつあった。

「我々がフォルトーゼに帰った時点で、どの道あの拠点は使えなくなる。この使い方がベターだろう。それに実のところ、多少追《お》い詰められてもいたのだ。もうすぐ新しい留学生が地球に到着する。その時には当然、護衛の艦隊が付いてくるのだからな」

地球側を刺激《しげき》しないように、フォルトーゼは当初艦隊の数を絞った。軌道上に十隻以上の艦隊が現れれば、侵略《しんりゃく》が狙いなのではないかと不安を煽《あお》るからだ。最低でも交流が本格的に動き出すまでは艦隊の数は増やせなかった。だが留学生の第二陣《じん》は第一陣よりも遥《はる》かに数が多く、艦隊を増やす格好の理由となる。

「それでは奇襲しても勝てなくなる、と。なるほど……幾《いく》ら地球を攻撃して政情不安や反フォルトーゼ感情を膨《ふく》らませても、我らが地球に閉じ込められたままではいずれ干上《ひあ》がってしまう。これは長期的視点に基いた攻撃作戦だった訳ですな」

留学生と一緒にやってきた艦隊が軌道上に留まれば、ラルグウィン一派は地球に閉じ込められる形になる。そうなっても灰色の騎士やグレバナスと協力し合えば、フォルトーゼ艦隊の警戒網《けいかいもう》を擦《す》り抜ける方法はあるのだろうが、今以上に危険な賭《か》けとなるのは間違いないだろう。だからリスクが低い今この時に、一度フォルトーゼへ帰還《きかん》する。フォルトーゼでは辛《かろ》うじて旧ヴァンダリオン派が生き延びているし、反政府組織も少なくない。そこで態勢を立て直した後で、再び地球を攻撃する為に戻ってくるのでも問題はない。国同士の交流が一気に進まないのは世の常なのだから。

「お前が二千年前の世界にもいたなら、グレバナスとマクスファーンは勝っていたかもしれないな」

「貴様にそう言われても素直《すなお》に喜べん」

「………道理だな」

灰色の騎士もラルグウィンの絶妙《ぜつみょう》な采配《さいはい》に舌を巻いていた。ラルグウィンは政治や知識ではマクスファーンやグレバナスに及《およ》ばないかもしれないが、物事の大きな流れを掴《つか》んで行動する力は確実に二人を上回っているように見える。仮に現代に関する十分な知識があったとしても、マクスファーンとグレバナスには、現時点の兵力を保ったままフォルトーゼへ帰還する事は出来なかっただろう。同じ事は灰色の騎士と現在のグレバナスについても言える。彼らがもしラルグウィンと出会っていなければ、地球脱出に際してより大きなリスクを背負ったに違いないだろう。

「だが、私に出来るのはここまでだ。この兵力差、奇襲をかけても勝ち目はない。貴様らに働いて貰《もら》わねばならん」

ラルグウィン側がこの攻撃作戦に投入出来るのは、これまで温存してきた宇宙戦艦が一隻と駆逐艦《くちくかん》が一隻ずつ。しかも宇宙戦艦は通常の軍用グレードのもので、皇族級宇宙戦艦とは大きな開きがある。だからネフィルフォランの『葉隠《はがくれ》』が来る前の、『朧月《ろうげつ》』と宇宙戦艦が二隻であった頃でさえ直接攻撃は避《さ》けた。戦力差は明らかで、そこに青騎士《あおきし》の力の謎が上乗せされるのだから、当然だろう。ここからは地球で手に入れた霊子力《れいしりよく》技術、そして復活した大魔法使いの力が必要だった。

「こちらとしてもまたとない好機。残念ながら協力しない理由はない」

「そうですな、ここでもう一つ貸しを作ると面倒《めんどう》な事になりかねません」

「………貴様ら正直過ぎるのは頂けないぞ」

灰色の騎士もグレバナスも十分に戦うつもりでいた。両者には目的があり、その為にはここでラルグウィンに勝って貰わねばならない。極《きわ》めて打算的な理由ではあるが、現時点では三者の共闘《きょうとう》に乱れはなかった。

ラルグウィン一派は戦闘用艦艇《かんてい》をあまり持っていなかったので、瞬間《しゅんかん》移動を妨害《ぼうがい》する為のかく乱装置等が使用される事は無かった。地球にはそうした技術が無いので、それをするとこれから攻撃するぞと宣言するようなものだからだ。その為《ため》孝太郎達《たち》は何とか軌道上の艦隊に合流する事が出来た。もう少し遅れていたら合流は出来なかったかもしれない。戦闘開始後であればかく乱装置を利用しても問題はないからだった。

「皇女殿下《でんか》がブリッジへ御帰還《ごきかん》！」

「余計な事を言っていないで、状況の報告をなさい！」

孝太郎達は瞬間移動のゲートを抜けて『朧月《ろうげつ》』のブリッジへやってきた。するとクランはそのまま走り続けてブリッジの一番高い場所にある席へ飛び込む。『朧月《ろうげつ》』は彼女の為に作られた専用艦。そこにある艦長席《かんちょう》こそが、クランの席なのだった。

「敵からの最初の攻撃はステルス高速ミサイル、これは辛うじて迎撃《げいげき》に成功しましたが、敵艦《てきかん》の発見には至っておりません！」

焦《あせ》り気味にクランに報告をしたのは、彼女の席の横に立つ初老の男性――副艦長だった。かつてはクラン以外の人間の姿が無かったブリッジには、多くの人間の姿があった。必要に迫られたという理由もあるのだが、一番の理由はクランが他人を信用し始めたという事だった。

「おかげでわたくし達が無事に上がってこれましたわ！　悪い部分にだけ注目して焦らずに、まずは落ち着きなさい！」

「も、申し訳ありません皇女殿下」

クランの言動も艦の責任者――立場上は艦長扱《かんちょうあつか》い――として十分な風格がある。周囲の者達を思いやる余裕さえ感じられ、そこには地球へ来たばかりの頃の未熟な彼女の姿はどこにもなかった。

「孝太郎、手がかからなくなって、ちょっと寂《さび》しいんでしょ？」

そんなクランの姿を見上げていた孝太郎の視界に『お姉ちゃん』の顔が強引に割り込んでくる。彼女は楽しげに微笑《ほほえ》んでいた。

「まあな」

「おっ、素直に認めるんだね？」

「お前にはこの手の話を誤魔化《ごまか》しても無駄《むだ》だし、そんな事をしている場合じゃない。で、どうなんだ?」

「そーだね。えっと……人の気配は感じるけど、場所までは分かんない。多分あいつが邪魔をしているんだと思う」

彼女が孝太郎の気持ちを読んだのは、単なるついでだった。本当にやりたかったのは霊《れい》能力《のうりょく》で周囲の気配を探《さぐ》る事。その時にたまたま、彼女と霊力の親和性が高い孝太郎の気持ちが感じられてしまったのだ。そして残念ながら、ラルグウィン一派の気配は見付からなかった。何らかの手段で早苗の探知を逃《のが》れているのだろうと思われた。だがこの状況であっても『早苗ちゃん』の方は自信満々だった。

「だいじょーぶ! すぐに見つけるからっ!」

『ちょっと「早苗ちゃん」、そんなに簡単に請《う》け負《お》っちゃって大丈夫《だいじょうぶ》?』

もちろん『早苗さん』の方はちょっと心配顔だ。パワーアップした『お姉ちゃん』に出来なかった事が、自分達に出来るとは思えなかったから。

「あたし達三人と埴輪ちゃん達が力を合わせればなんとかなるよ!」

『合体パワーだホー!』

『強そうだホー!』

『そうかなぁ……』「早苗ちゃん」は楽観的過ぎるよ』

「あんたが後ろ向き過ぎるだけだって」

『だったら勇気と自信をちょっと分けて』

「ダメ」

口ではふざけているような事を言っていたものの、三人の早苗と二体の埴輪は素早《すばや》く集合し、協力して敵の位置を探り始めた。

「いくぞ野郎《やろう》共！　あたし達の力を見せ付ける時が来た！」

『……一人も男の子居ないんだけど』

「今まで気にした事なかったけど、埴輪ちゃん達って男の子なの？　女の子なの？」

『埴輪だから特に決まっていないホ！　おいら達はおいら達だホ！』

『強いて言うなら、その時その時でおいら達に都合が良い方の性別だホ！』

三人の早苗は向かい合って三角形を描《えが》くように立ち、その中心で二体の埴輪がくるくると回転している。三人がレーダーの役割を果たし、埴輪がその分析《ぶんせき》とデータ編集を担当して『朧月《ろうげつ》』のコンピューターへの窓口の役割を果たす。これにより通常の霊子力センサーよりも遥かに詳細な探知が可能だった。

「……居ないね？　隠《かく》れてるのかな？」

『隠れるったってどこへ？　ミサイルを撃《う》ってきたって言ってたから、凄《すご》く遠くの筈《はず》はないと思うんだけど……』

ミサイルで攻撃《こうげき》してきたという事は、その推進剤《すいしんざい》が切れるギリギリの範囲内《はんいない》にいるという事でもある。だがそれでもラルグウィン側の艦艇は三人の探知に引《ひ》っ掛《か》からない。宇宙空間は霊的《れいてき》にはほぼ何もない場所で、隠れる物もない。余程巧妙《よほどこうみょう》に姿を隠している事が窺《うかが》われた。

「それでも攻撃してくる時にはチラッと見えるよ……来たっ！」

『敵性宇宙戦艦接近、特務艦《とくむかん》「秋水《しゅうすい》」全速前進せよ！』

『下方から突撃《とつげき》してくるホ！』

三人の早苗が敵を探し始めてから数十秒後、これまで姿が見えなかった敵艦二隻が突如《とつじょ》として姿を現した。

皇国軍は外交使節団が移動に使っているほぼ非武装の宇宙戦艦――特務艦『秋水《しゅうすい》』を中央へ置き、その前後をネフィルフォランの『葉隠《はがくれ》』とクランの『朧月《ろうげつ》』で守っている。左右には本来の護衛の戦艦を配し、全艦で『秋水《しゅうすい》』を守る構えだった。これは『秋水《しゅうすい》』に乗っているのが軍属だけではないからだ。『秋水《しゅうすい》』には外交交渉にあたる政治家や民間組織の代表者が数多く搭乗《とうじょう》している。この戦闘は奇襲で始まったので、まだ全員の脱出が済

んでいない。こうやって『秋水《しゅうすい》』を守る事は必然だった。

そして敵は『秋水《しゅうすい》』の真下から姿を現した。現在の陣形《じんけい》は下側から後方にかけてが弱点と言える。これは宇宙戦艦の構造上の問題で、武器を正面に向けて設置し、推進器を後方に向けて設置すると、どうしても後方が手薄《てうす》になるのだ。だからといって真後ろから接近すると、推進器が発する光やノイズをまともに受けてしまう。接近して攻撃をする場合には、接近する方向を斜《なな》めに少しずらすのが鉄則で、それが今回の場合は真下方向だった、という事になるのだった。

『わらわが出る！　性悪め、嫌《いや》な方向から来よる！』

そうした弱点方向からの攻撃を防ぐ為に、艦載機《かんさいき》が存在する。宇宙戦艦よりもずっと小型で小回りが利《き》く宇宙用の戦闘機《せんとうき》で、死角を守る訳だ。ティアはその戦闘機に乗って出撃《しゅつげき》しようとしていた。

「お気を付けて！　無人機を護衛に付けます！」

いつもならティアの独走を止めるルースが、この時ばかりは止めようとしなかった。今に限ってはティアの判断は正しかったからだ。その理由は直後に『葉隠《はがくれ》』から届いた、キリハの声が教えてくれた。

『全艦に通達！　敵艦後方に地球がある為、迎撃は誘導《ゆうどう》ミサイルに限定！』

今回は『葉隠《はがくれ》』が戦闘の中心となる。キリハはそこで軍師役を務めていた。これは現時点で最高位の軍人であるネフィルフォランとのコミュニケーションを最速で取る為《ため》の措置《そち》だった。

――――そう、それでいい。頼《たの》むね、キリハ………。

そして同時にそれは『お姉ちゃん』とキリハとの約束でもあった。危険な時には違う場所にいるようにする――――キリハはきちんとその約束を守った。これからも、可能な限りはそうに違いないだろう。

「恐ろしい奴だ……こんな手でこっちの攻撃を封《ふう》じてくるのか」

キリハの言葉で事情を悟《さと》った孝太郎は思わず唸《うな》った。敵艦が地球を背後にしている状《じょう》況《きょう》では主砲《しゅほう》は撃てない。威力《いりょく》が有り過ぎて地球にダメージが出てしまうのだ。かといって地球に影響が出ないところまで出力を絞れば、敵艦にダメージが与えられない。ラルグウイン一派は少ない数で勝つ為に次々と手を打ってくる。拠点を餌《えさ》にして艦隊戦の準備をしていたのもそう、こうして地球を背後にして攻撃してくるのもそう。マクスファーンやグレバナスと戦っていた時とは戦争の質が根本的に異なっている。だが見方を変えると同じだとも言える。彼《かれ》らは目的を果たす為に民間人を盾《たて》にする。その点に関しては二千年前と同じなのだった。

「……おかしいわ里見君」

そんな時だった。ティアの戦闘機を追い抜いていくミサイルを眺めながら、真希が首を傾《かし》げた。

「何故《なぜ》ミサイルでだけ、迎撃できるようにしているのかしら？」

「何がだい？」

真希の疑問はそこだった。高出力のビームやレーザーは、地球を盾にすれば防げる。それはそうだろう。フォルトーゼ側としては万が一があっては困るのだ。では何故ミサイルを防ごうとしないのだろうか？　敵は霊子力技術と魔法で武装している。またフォルトーゼの技術でもミサイルを防ぐ為の装備がある。それらを使わないのは何故なのか？　敵の思考を追った真希は、是非《ぜひ》ミサイルで攻撃して下さいと言わんばかりに感じた。これは心を操る藍色《あいいろ》の魔法使いである、真希ならではの視点だった。

「クランッ、早苗っ、どう思うっ⁉」

孝太郎は嫌な予感がしていた。真希が言っている事が正しく思えるのだ。確かにここまでずっと冷静で周到《しゅうとう》な作戦を立てていたラルグウィンが、ミサイルだけ対策を怠《おこた》るなど都合が良過ぎる。孝太郎にも真希が言うように、ビームやレーザーを使えなくした上で、ミサイル攻撃に誘導しているのではないかと感じていた。だが現在は戦闘中で、敵艦が攻撃しようと向かってきている。もし真希の指摘《してき》が間違《まちが》いであれば、孝太郎達《たち》は早々に倒《たお》されてしまう。安易な決定は出来ず、孝太郎はその方面のエキスパートに判断を仰《あお》いだ。

「ミサイルの遅《おそ》さ、分かり易《やす》い見た目……狙いはその辺りだと思いますわ！」

「孝太郎、思ったより人数が少ないみたい！」

『おかしいです！　この感じだと何十人かしか乗っていません！』

クランは真希の指摘を支持していた。『早苗ちゃん』と『早苗さん』は出現した二隻の宇宙船――宇宙戦艦と駆逐艦に乗っている人間が少ない事を感じ取っていた。

――遅さ、見た目、少ない人数……？

クラン達の言葉を聞いて、孝太郎はほんの一瞬考え込む。だがその会話を通信機越《ご》しに聞いていたキリハは、その時点で動いた。

『全艦に通達！　全ミサイルに自爆《じばく》命令！　ティア殿も攻撃をするな！』

戦闘機に乗ったティアは既に敵の近くにいた。他の戦艦から出た戦闘機も同様だ。その目の前でミサイルが次々と自爆して幾つもの閃光《せんこう》が生まれる。今にも攻撃を仕掛けようとしていたティア率いる戦闘機隊は、その閃光を避けるようにして大きく旋回《せんかい》、二隻の敵艦とすれ違った。

『じゃが何故じゃ!?　敵は迫っているのじゃぞ!?』

反射的にキリハの指示に従ったティアだったが、疑問は残った。攻撃する気満々でいたティアなので、語気は荒《あら》い。そして今も二隻の敵艦を目で追っていた。

『敵はミサイルや戦闘機など、分かり易い手段で攻撃させたいのだ！　あの敵艦《てきかん》の見た目はまやかしだ！』

『……お見事。そちらの指揮官が何者かは分からないが、よく学んでいるようだね。あるいはあの時のお嬢《じょう》さんの助言かな？』

その瞬間だった。二隻の敵艦から通信が入った。軍用の暗号通信ではなく、暗号化されていない一般《いっぱん》向けの通信だった。その直後、二隻の敵艦が別の姿に変わる。それはフォルトーゼで一般的に使われている宇宙用の輸送船だった。ラルグウィン達は二隻の輸送船《ゆそうせん》を捕らえ、そこに戦艦と駆逐艦の幻影《げんえい》を被《かぶ》せ、何らかの手段で操って孝太郎達にけしかけたのだ。それを悟った孝太郎は背筋が凍《こお》る思いだった。もしあのまま攻撃していたら、輸送船は対艦ミサイルと戦闘機のビームやレーザーで爆散していただろう。青騎士《あおきし》と皇女による誤射で、民間人が大勢死んだ。その衝撃的《しょうげきてき》な映像はフォルトーゼで公開され、大いに国論を揺らしたに違いなかった。

「グレバナス……」

孝太郎は声の主を睨《にら》み付ける。その姿は通信回線を通じて、ブリッジの三次元モニターに表示されていた。その醜悪《しゅうあく》な姿を見間違《みまちが》える筈もない。邪悪《じゃあく》な魔法使《まほうつか》い、グレバナス。

孝太郎のつぶやきも彼のもとに届き、彼は干《ひ》からびた唇《くちびる》に笑《え》みをたたえた。

『ああ、また話が出来て嬉《うれ》しいよ、青騎士君。君の故郷は奇妙《きみょう》だ。そしてこの宇宙船という乗り物も。そんな時に見知った顔が現れると安堵《あんど》する』

「俺《おれ》はそんな気持ちにはなれない」

『誇《ほこ》らしく思ってくれても良い筈だよ、青騎士君。君はまた私の策略を一つ、潜《くぐ》り抜けたのだからねえ』

「オマケで降参してくれないか?」

『それも楽しそうではあるのだが……あいにく私にも義理はあってね。君とはもう少し戦おうと思っているよ』

この時、孝太郎は話を引き延ばそうと必死だった。その間に味方がグレバナスや敵艦の位置を見付けてくれる事を期待してだ。こうした駆《か》け引きは得意ではなかったが、今はそれが必要な時。孝太郎はその頭脳をフル回転させていた。

「義理か……ラルグウィンと灰色の騎士に対する義理か?」

『既にそこまで分かっているとは……流石だな、青騎士』

三次元モニターのグレバナスの姿の隣《となり》に、ラルグウィンが姿を現した。やはりグレバナスとラルグウィンは共闘態勢にあったのだ。

――――灰色の騎士の姿はない……だがラルグウィンは否定しなかった。早苗が言っていた事は正しいという事か……。

モニターには灰色の騎士の姿はない。ラルグウィンとグレバナスが宇宙戦艦のブリッジに立っている姿だけが映し出されている。しかし孝太郎はこの時点で『お姉ちゃん』が言っている事が間違いないと確信していた。

『だが我々が何処にいるのかは分からないでいるようだな』

「地獄《じごく》の門を使っているんだろう？　灰色の騎士がそこに居ない理由も大方それだ」

『そこまで分かっているのに、我々を見付け出せないでいる。ようやく私と貴様の力の差がなくなった訳だな』

ラルグウィンは不敵に笑う。これまで孝太郎達とラルグウィン、ひいてはヴァンダリオンの間にあった力の差。その差が遂に埋《う》まった。しかも地獄の門――――混沌《こんとん》の渦《うず》の力を計算に入れれば頭一つリードしているかもしれない。ラルグウィンの自信は決して根拠《こんきょ》のないものではなかった。

「俺の前に立ち塞《ふさ》がる連中は、だいたい最初にそう言う」

『そうだな。そいつらは自己の評価を誤り、貴様に対する評価も誤り、驕《おご》り、警戒を怠った。勝てる訳がないのだ、そんな調子ではな』

「お前は違うのか？」

『既《すで》にその片鱗《へんりん》は感じているだろう!? 仮に我々が貴様らに劣《おと》っているとしても、その差は策で補える程度であるとな！』

ラルグウィンの言葉は、孝太郎の認識《にんしき》を言い当てていた。本当は孝太郎も感じている。混沌の渦のせいではっきりとした事は言えないが、どちらの力が上であろうと、その差は小さいと。それはラルグウィンが言うように、作戦や戦いの流れでどうとでもなるくらいの差だ。たった今、撃ちそうになった二隻の輸送船が、その好例だった。

『だとしたら、後は貴様がいつまで守れるのか、という話になる!! 我々から守れると思うか、全《すべ》てを!?』

「………守ってみせよう。俺達はそうやって来たんだ。これまでずっと!!」

状況の悪さは分かっている。だがそれでも孝太郎は諦《あきら》めない。それだけはしないと心に決めているのだ。フォルトーゼと地球、フォルサリアと大地の民。それらは孝太郎と少女達、そして勇気ある者達が命懸《いのちが》けで守ってきたものだ。気が遠くなるような昔から、今この瞬間に至るまで。そうして積み上げられてきた今を、孝太郎は見捨てられない。何故なら孝太郎は青騎士《あおきし》だから。それは大切なものを守らんと戦う勇者達の、先頭に立つ者の名前だ。戦いの中で散っていった者達は、青騎士なら代わりに守ってくれると信じた。ならば孝太郎もそれを信じる。この先どうなるにせよ、最後の最後まで、青騎士《あおきし》らしく戦うつもりだった。

軌道上の攻防　八月二十四日(水)

ラルグウィン一派が通常の通信回線で話しかけてきたという事は、彼らはそれが可能な場所にいるという事でもある。そこでルースとクランは二人がかりで通信に使われた電波の――フォルトーゼでも一般回線では電波はまだ使われている――出所を追った。

「電波の出所は六ヶ所まで絞《しぼ》れましたが、その先が追えません。その先は通信方式が違《ちが》うのかもしれません」

ラルグウィン一派の通信が切れてから十数秒後。ルースが追跡《ついせき》の結果を報告した。先程《さきほど》の通信に使われていた電波の出所は二十近く存在していて、ルースとクランはそれを六ヶ所まで絞り込む事が出来た。だが通信手段は複数使われていたようで、その先を追う事が出来なかった。レーザー通信か、魔法《まほう》か、はたまた霊子力技術か。その六ヶ所に近付いて詳細《しょうさい》に調べれば分かるかもしれないが、そんな事をしている暇《ひま》はなかった。

「……露骨《ろこつ》に位置を明かして来ましたわね。また罠《わな》ですかしら?」

ルースは分析に注力していたが、クランは別の可能性を考えていた。電波の出所が六ヶ所あるという事が、先程と同様に罠であるという可能性を考えていたのだ。

『そういう疑《ぎ》惑《わく》を我らに植え付ける事も、先程の攻撃の目的なのだろう』

キリハもそこは気になっていた。クランが気にしているように罠の可能性もあれば、逆にその場所にあえて身を隠している可能性もある。攻撃させたいのか、それとも警戒《けいかい》させて近付かせたくないのか。先程の攻撃があったおかげで、孝太郎達《こうたろうたち》はその対応に頭を悩《なや》ませる羽目になった。そしてそれこそが敵の狙《ねら》いである可能性さえある。各種の技術レベルが同程度になった事で、ラルグウィン一派はこうして孝太郎達を混乱させる事が出来るようになったのだった。

――――この手の揺《ゆ》さぶりは本来、技術レベルの差を背景に、我らがやっていた事。それを敵側もやるようになった事には、最大級の警戒をせねばならないだろう……。

それが狙いかもしれないと重々承知した上でなお、キリハは罠である可能性を警戒していた。同じ事をして勝ってきただけに、その危険性は誰《だれ》よりもよく分かっていた。

「こちらは時間をかけられないのも厄介《やっかい》ですね。向こうはそのまま何もせず、地球から離れていくのでも構わない訳ですから」

晴海《はるみ》のその言葉はブリッジにいる者達の多くにとって盲点《もうてん》であり、聞いた者達は軒並《のきな》み顔色を変えた。

「そうか、その問題もあった！」

孝太郎も焦り始めた。ラルグウィン一派の目的は、地球を脱出《だっしゅつ》してフォルトーゼへ帰る事。だが地球の近くで空間歪曲《わいきょく》航法――――いわゆるワープを行うと、ティア達の艦隊に追跡される恐れがあった。実際、『朧月《ろうげつ》』のセンサーは地上の基地から軌道上の艦艇への瞬間移動は検知していた。だから彼らが何の対策もなしにフォルトーゼへワープしようとすれば追跡出来ていただろう。それを避ける為に、フォルトーゼ側の艦艇に攻撃をしかけてダメージを与え、足止めをする必要があった。その攻撃の一環《いっかん》としてラルグウィン一派は姿を消している訳なのだが、孝太郎達が今のまま彼らを見付けられないでいるなら、無理して戦う必要は無かった。姿を隠したまま何日も宇宙空間を漂《ただよ》い、センサーの範囲外《はんいがい》に出てしまえばいいのだ。そうすればティア達の艦隊に気付かれずに空間歪曲航法が使える。そうなると孝太郎達は彼らが地球に留まっているのか、フォルトーゼに帰ったのか、そこが分からなくなって身動きが取れなくなる。破壊できなくても身動きが取れなければ同じ事なのだ。そうさせない為に、孝太郎達は今この時に彼らを捕捉《ほそく》する必要があった。

『ラルグウィンめ、恐ろしい事を考える…………』

キリハの横にいたネフィルフォランが険しい声でそう言った。立体映像で表示されている彼女《かのじょ》の表情も厳しいものだ。その姿は先日の海での彼女とは大違《おおちが》いだった。

ネフィルフォランを含《ふく》め、孝太郎達《たち》はこの状況では攻撃をしない訳にはいかなかった。だが目の前にはあからさまな罠の気配がある。まるで蜘蛛《くも》の糸のように、孝太郎達の動きを縛《しば》ってくる。技術力ではまだ幾らか勝っている筈の孝太郎達だが、こうした駆け引きにおいてはラルグウィン一派の方が勝っているようだった。

「孝太郎、やるしかないよ！」

『私もその方が良いと思います！』

最初にその結論に達したのは、意外にも早苗《さなえ》達だった。論理的には結論が出ないので、霊感《れいかん》に頼《たよ》った格好だった。ただ『お姉ちゃん』には多少の論理的な裏付けもあった。

「魔法おじじとあいつがいるし……三人とも性格が悪いから、こっちが受け手に回ると勝てなくなっちゃう！」

元々頭の切れは尋常《じんじょう》ではないラルグウィンに、今はグレバナスと灰色の騎士も知恵《ちえ》と経験を貸している。『お姉ちゃん』はグレバナスについてはこれまでの事から想像するしかなかったが、灰色の騎士がこうした搦手《からめて》で来る事はよく知っている。先手を取られれば得体の知れない力で押《お》し切られてしまう。先手は孝太郎達でなければならなかった。

「だがどうする⁉　どうやってラルグウィン達を探す⁉」

「あたし達と孝太郎と埴輪《はにわ》ちゃん達で前に出るの！　あいつが操《あやつ》ってる灰色のぐるぐるを探す方が、きっと早い！」

三人の早苗、孝太郎、二体の埴輪。霊力を操るこの六人を最大限に活用して、混沌の渦の方を見付け出す。それは大きな賭けだ。各個撃破《げきは》の可能性があるので、本来ならやりたくない行動なのだ。だがこの状況ではそうも言っていられなかった。

孝太郎達を前に出すにあたり、問題になったのは彼らを何に乗せて前に出すかという事だった。広い範囲《はんい》を捜索《そうさく》する必要があるので、一人一人を別の宇宙船に乗せて前に出さねばならない。数機の宇宙船が必要だった。

「あたしはこれ？」

早苗は小さな宇宙船を見上げていた。だが小さいといっても彼女の身体《からだ》と比べると圧倒《あっとう》的《てき》に大きい。大型の宇宙戦艦である『朧月《ろうげつ》』には、小回りが利く小型の汎用《はんよう》宇宙船『揺《ゆ》り籠《かご》』が搭載《とうさい》されている。『早苗ちゃん』が乗り込むのはこの宇宙船だった。

「そうですわ。大事に使って下さいまし」

「そのつもりだけど、向こうは全然気にしないと思うよ」

「そうですわね。気を付けて下さいまし、サナエ」

「うん！」

この宇宙船に『早苗ちゃん』が乗る事になったのは、その取《と》り扱《あつか》いが非常に簡単だという事からだった。優秀《ゆうしゅう》な人工知能を搭載していて、既に早苗の言動を多く学習している。早苗が口頭で命令するだけで操縦が可能だった。

『ホー！　「早苗さん」はこっちだホー！』

『おいら達《たち》と一緒《いっしょ》にこれに乗るホー！』

『あ、はい、今行きます！』

埴輪《はにわ》達が別の宇宙船の前から『早苗さん』を呼んでいた。その宇宙船はカラマとコラマの為に作られた、高機動重戦闘モジュールだ。この『オオヒメ』と名付けられた小型の宇宙船は、埴輪達がクラノ家に仕えている間に貯《た》め込んだ膨大《ぼうだい》な戦闘データを生かす為の武装セットで、結果的に宇宙船として使えるといういわく付きの代物《しろもの》だ。『早苗さん』は埴輪達と共にこの宇宙船に乗り込む。埴輪達が操縦してくれるので、彼女は探知に集中できるのが大きなメリットといえる。また埴輪達と『オオヒメ』自体の霊力増幅《れいりょくぞうふく》機能で、『早苗さん』と『早苗ちゃん』の霊的な接続が強固に保たれるのも大きかった。

「お前はそれに乗ってくのか」

「うん。これに乗って来たから操縦は出来るし、霊力の増幅装置も付いてるから」

そして三人目の早苗、『お姉ちゃん』が乗っていくのは淡《あわ》い紫色《むらさきいろ》で塗装《とそう》された数メートルの大きさの宇宙艇《うちゅうてい》だった。これは戦闘機等よりも更《さら》に小さい。『お姉ちゃん』が次元の壁《かべ》を超《こ》える時に乗って来た宇宙船だった。基礎《きそ》設計はクランがしているので、小さい割に多くの便利な機能が付いている。また『お姉ちゃん』が操縦方法をきちんと知っている事も大きい。今のタイミングではこの宇宙船で出るのがベストだった。

「そういう孝太郎はどれに乗ってくの？」

「俺はアレだ」

「巨大《きょだい》ロボット!?」

「というには小さいだろ」

「うん。ちょっと拍子抜《ひょうしぬ》け」

「………エゥレクシスが聞いたら泣くぞ」

孝太郎は小さく笑うと『お姉ちゃん』と別れ、問題の小さな巨大ロボットに近付いていく。その前にはルースが立っていて、コンピューターを弄《いじ》っていた。急遽《きゅうきょ》使う事になったので、彼女が最終チェックを担当していたのだ。

「まさか俺がこれを使う事になるとは思わなかった……」

「わたくしもです」

ルースも作業の手を止め、一緒に小さな巨大ロボットを見上げる。ウォーロードⅢ、かつてエゥレクシスが使って孝太郎達を苦しめた人型機動兵器。孝太郎がエゥレクシスとの戦いの中でＤＫＩを買収した結果、今は『朧月《ろうげつ》』の格納庫にその姿があった。

「念《ねん》の為に準備しておいて幸いでした。システムはそのマニューバースーツ――鎧《よろい》と同期するように調整してあります」

「念の為という割に……きちんと装備と色が変更《へんこう》されているみたいですが」

目の前にあるウォーロードⅢは、孝太郎が知っているものとはデザインが大きく異なっていた。まず機体の色が違う。目の覚めるような青。孝太郎の鎧と同じ色だった。エゥレクシスのものは使われる状況によって色が違った。軍用兵器なので戦う場所に合わせて自然とそうなるのだ。当然、この色は見た事が無かった。

加えて装甲《そうこう》の形状が大きく変更されていた。本来のデザインはエゥレクシスの趣味《しゅみ》で鋭《えい》角的《かくてき》だったのだが、伝統的にフォルトーゼの皇家が好む曲線を多用するデザインに変更されていた。

極め付けは武装だ。エゥレクシスは孝太郎に勝つ為に様々な工夫《くふう》を凝《こ》らした武器を使っていた。巨大な斧《おの》やショットガン、ネットの投射装置などだ。そうしたものが全て取り除かれ、代わりに騎士剣《きしけん》や大型の盾が装備されている。またどことなくマントを思わせるような形状の武装キャリアーを背負っていた。

まとめると、全体的に宇宙戦艦《せんかん》の方の『青騎士《あおきし》』を思わせる方向に外見が変更されたと言えば分かり易いだろう。そしてそこにティアやルースの趣味がこれでもかとトッピングされている。それは完全にティアとルースの理想を体現した、孝太郎の専用機だった。

「そ、それはその、わたくし達としては、そのぅ、おやかたさまを半端《はんぱ》なものには乗せられないというか………そ、そうですそうです！　これはあくまで味方の視認性《しにんせい》の問題でございまして！」

「誰かの趣味ではなく？」

「も、もちろんでございます！　おやかたさまが見えれば、味方の士気は鰻登《うなぎのぼ》りでございますれば！」

「………まあ、おかげで助かった訳ですけどね」

焦るルースに小さな笑顔《えがお》を残し、孝太郎はウォーロードⅢのコックピットに乗り込んでいく。この新しいウォーロードⅢは、霊子力技術や魔法が使われている部分にもアップグレードが施《ほどこ》されている。ラルグウィン一派を追う時に、それがとても役に立つだろう。改造の理由がどうあれ、結果的にこの戦いに必要な機体に仕上がっていたのだった。

ウォーロードⅢの卓越《たくえつ》した機能の中に、ラウンドテーブルシステムというものがある。これは近くの味方の兵器と情報を共有して攻撃を同時着弾《ちゃくだん》させる、味方を連動させる大掛《おおが》かりな火器管制システムだ。これを参考にしてルースは既に連携防御《れんけいぼうぎょ》や連携行動まで行う上位互換《ごかん》システムを運用中だが、元になったラウンドテーブルシステムも決して悪い物ではない。機能が攻撃のみに絞られているので、分かり易くてルース以外でも操れる。今回はその機能の一部を使って各艦艇に装備されているレーダーや霊子力センサーの情報を共有し、埴輪達が分析を担当。その結果を再びラウンドテーブルシステムで各機に送り届けて、その先の行動を決めていた。

「みんな、次はこの辺りに行くぞ」

『大分近付いてる気はするんだけど』

大真面目《おおまじめ》な顔で『早苗ちゃん』が呟《つぶや》く。孝太郎達は酷《ひど》く細い糸を手繰《たぐ》り寄せるようにしてラルグウィン一派を探していた。

基本的に、生物が存在しない宇宙空間には霊力が存在していないが、地球が近いせいで完全なゼロとは言えない。地球で生きている生命の霊力が、宇宙空間に漏《も》れて来ているのだ。その地球から来た霊力のノイズはほんの僅《わず》かなのだが、比《ひ》較的平坦《かくてきへいたん》に広がっている。この平坦《へいたん》であるという事が非常に重要で、気配を消そうとするとノイズまで消えてしまって、ノイズがない、もしくは少ない場所が出来てしまう。孝太郎達はそういうほんの微《かす》かな揺らぎを辿《たど》ってラルグウィン一派を追っていた。そして要所要所で、それぞれが霊能力《れいのうりょく》を駆使《くし》して詳細に周囲を探る。根気の要《い》る作業だった。

「焦るなよ早苗。きっと見付かる」

『こういう状況になるとわらわ達の弱点が見えてくるのう。まだまだわらわ達は若いという事じゃ』

通信機からティアの声が聞こえてくると、孝太郎はちらりと視線を上に向けた。そこには赤く塗《ぬ》られた宇宙戦闘機の姿がある。それはティアが操縦する機体で、長距離《ちょうきょり》の移動には若干《じゃっかん》のハンデがあるウォーロードⅢを牽引《けんいん》してくれていた。もちろん彼女は牽引役というだけでなく、いざという時の戦力でもあった。

『じゃがキリハの予測は外れてはおらんじゃろう。基本的に最初の攻撃の位置から、地球を回り込むように逃《に》げておる筈じゃ』

孝太郎達はキリハの予測に従ってラルグウィン一派を探していた。決め打ちして探す事にはリスクはあるが、止《や》むを得《え》ないところだろう。やはり何の指針も無しに探すには、宇宙は広過ぎるのだ。そしてキリハの予測は次のようになる。

二隻《せき》の輸送船に幻影を被せるのは、科学でやろうとすると準備に時間とコストがかかり過ぎる。地球で孤立《こりつ》しているラルグウィン一派がそれをやれるとは考えにくい。すると魔法で幻影を被せた事になるが、それはつまり直前までグレバナスが輸送船の近くにいたという事を意味する。幾《いく》ら大魔法使いグレバナスであっても、輸送船二隻を全く別の姿に変えるような大規模な魔法は長距離で長時間維持《いじ》出来るとは思えない。近くで魔法をかけ、輸送船を送り出したという事になる。そして送り出した後は、ラルグウィン達の本物の艦《かん》艇《てい》は遮蔽《しゃへい》装置や混沌の渦の力を使って霊力の痕跡《こんせき》を消し、ステルス装置で視界からも消える。もちろんその間は推進器を使って移動する訳にはいかない。地球の軌道《きどう》上には他《ほか》に戦艦クラスの動力はないので、推進の為のエネルギーを感知されてしまいかねないのだ。またこれは彼らが地球を盾にしている状況とも合致《がっち》する。当初は彼らも輸送船の近くにいるので、流《なが》れ弾《だま》を避《さ》けたい事情があったのだ。

そして孝太郎達が罠に嵌《はま》って輸送船を撃破してしまえばそれでよし。もし孝太郎達が罠を回避《かいひ》した場合の展開は二通り。孝太郎達がラルグウィン一派をすぐに発見すれば攻撃して足止めを試みる。そして逆に孝太郎達が彼らを発見出来ないのなら、そのまま宇宙空間を漂って孝太郎達から離《はな》れようとする。本当ならば真っすぐ離れたいところなのだが、推進器が使えないのと地球の引力が影響《えいきょう》して、楕円形《だえんけい》の軌道で地球を回り込んでいく事になる。そして地球の裏側に逃げ込む事が出来れば、推進器を使って軌道を離脱《りだつ》する事が可能だ。フォルトーゼの先進的な科学技術であっても、流石《さすが》に惑星《わくせい》の裏側にいる艦艇は感知出来ないのだ。

そんな訳で孝太郎達は、二隻の輸送船を発見した位置から地球を回り込むようにしてラルグウィン一派を追っていた。幾つかの例外はあるのだが、孝太郎も全体としてはキリハの予測には破綻《はたん》はないと考えていた。

『あれっ？　皆《みな》さんおかしいです！』

そんな時だった。日頃《ひごろ》は控《ひか》え目《め》な『早苗さん』が大きな驚《おどろ》きの声を上げた。

「どうした？」

自然と孝太郎の声も緊張《きんちょう》していた。

『何か急に、霧《きり》がかかったかのように何も感じられなくなりました！　「早苗ちゃん」はどう？』

『あたしもそう！　なんかボヤボヤしてる！』

表現に違いはあれど、二人の早苗は同じものを感じていた。これまではほんの微かだが霊力《れいりょく》の濃淡《のうたん》が感じ取れていた。しかし今はその濃淡が曖昧《あいまい》になってしまっている。まるで絵の具の色の境界線に水でも垂らしたかのようだった。

『灰色の騎士だよ！　ぐるぐるを使って物事を曖昧にしてるんだと思う！』

境界線が曖昧になるというのは、混沌の渦の基本的な性質の一つだった。グレバナスが蘇生《そせい》の段階で人格が曖昧になってしまったのと同じように、霊力の痕跡が曖昧にされてしまったのだ。

「だがそれが混沌の渦だというのなら、やりようはある！　桜庭先輩《さくらばせんぱい》、頼《たの》みます！」

『はいっ！』

この時の孝太郎の呼びかけも、晴海の返答も、通信機を介《かい》したものではない。シグナルティン、そして晴海の額の紋章《もんしょう》を介して行われたものだった。

『輝《かがや》きなさい、シグナルティン！　里見《さとみ》君に道を示して！』

晴海の言葉に従い、ウォーロードⅢが手にしている長大な剣《けん》が白く輝き始めた。実は現在、シグナルティンはウォーロードⅢの剣の中に格納されている。そうすればこの機体に乗っている時もシグナルティンの力を余す事無く利用出来るからだ。魔法の性質上、晴海がイメージし易いというのは大きな利点だった。

「これでどうだっ!!」

鎧が孝太郎の意思を読み取り、ウォーロードⅢに伝える。するとウォーロードⅢは孝太郎そのものの動きで剣を大きく振《ふ》り回した。その間も剣が帯びる白い光は強くなり続けている。こちらは晴海の意思を反映したものだった。

ゴォォォッ

宇宙なので音は聞こえない。だが機体の周囲にある僅かな霊波《れいは》が、剣が発する力を受けて振動《しんどう》、孝太郎や早苗達にその唸りを伝える。そこに込められた力は絶大だった。

カッ

孝太郎が剣を振り下ろした直後、宇宙に閃光が走った。霊的な痕跡を消す為に使われた混沌の渦の力の残滓《ざんし》と、シグナルティンの力が反応して、対消滅を起こしたのだ。閃光はそれだけでは終わらず、雷《かみなり》のように蛇行《だこう》しながら宇宙を疾走《しっそう》する。その距離《きょり》は数百メートルに及《およ》んだ。

『見付けた！』

閃光が消えた瞬間《しゅんかん》、三人の早苗は敵の位置を感知して同時に声を上げた。対消滅の閃光の先、数キロメートル。そこにラルグウィン一派の気配があった。様々な妨害《ぼうがい》が行われていたが、他に生物が存在しない宇宙では、この距離なら三人の早苗と埴輪達《たち》の力を誤魔化《ごまか》すのは不可能だった。そしてその情報はやはり、彼女《かのじょ》達の額の紋章を経由して孝太郎や他の少女達に伝わった。

「でかしたサナエ！」

最初に動き出したのはティアだった。ティアは早苗達が見付けた気配に向けて、戦闘機に装備されているレーザー砲《ほう》の照準を合わせた。

「まだ撃《う》つなよせっかちめ！」

『分かっておるならさっさとせい！』

「桜庭せんぱ――――」

『これでもくらえぇぇぇぇいっ!!』

レーザー砲に晴海の魔法――――シグナルティン経由で――――がかかるのと、ティアがそれを発射したのはほぼ同時だった。紋章がティアの意思を晴海に伝えていなければ危なかっただろう。発射されたレーザーは時を置かずに目標へ命中した。

『ちぃぃっ、ここで見付けて来たか！』

通信機からラルグウィンの舌打ちが聞こえて来る。すると何もない筈《はず》の空間に、宇宙戦艦の姿が現れた。ティアが発射したレーザーは出力が下げられており、ダメージはほぼないに等しい。そのレーザーは晴海の魔法を込めて数キロ先まで届ける為のもの。そしてこの時晴海が使った魔法は、対象にかかっている魔法を中和するもの。それがラルグウィンの宇宙戦艦を隠《かく》していた魔法を掻《か》き消したのだ。

『孝太郎っ、魔法おじじが居ない！』

そんな時だった。『お姉ちゃん』が慌《あわ》てた様子で孝太郎に報告する。魔法が解けた事で彼女達はラルグウィン一派の個々の人間の気配までが分かるようになった。それで気付いたのだ。この場所にグレバナスの姿がないと。

「なんだって!?」

ラルグウィン一派が保有している艦艇は、宇宙戦艦と駆逐艦《くちくかん》が一隻ずつ。だがこの場所には宇宙戦艦が一隻いるだけで、駆逐艦の方の姿が見当たらなかった。

『フハハハッ、今頃《いまごろ》気付いても遅い！』

ラルグウィンは嘲《あざけ》る様に笑う。

『……………やはり魔法の使い方がなっていませんな』

実はグレバナスは駆逐艦の方に乗り込んでいた。

ズドンッ
その駆逐艦の主砲が火を吹《ふ》き、ビームが『秋水《しゅうすい》』に横腹に命中する。駆逐艦の姿は遥《はる》か後方にあった。駆逐艦は二隻の輸送船の陰《かげ》にずっと身を潜《ひそ》めていたのだ。探知力が高い孝太郎達《たち》を艦隊《かんたい》から切り離し、この奇襲《きしゅう》を成功させる為《ため》に。

『おやかたさま、「秋水《しゅうすい》」が被弾《ひだん》！　空間歪曲航法装置が動作停止、しかし通常航行は問題ありません！』

完全な奇襲だった為に、駆逐艦に横腹を見せていたのがまずかった。慌てて空間歪曲場で防ごうとしたものの、角度が悪くビームを受け流す事が出来なかった。ビームは歪曲場を突破《とっぱ》して『秋水《しゅうすい》』のエンジン区画に突《つ》き刺《さ》さった。

「人的被害《ひがい》は⁉」

『大丈夫《だいじょうぶ》ですわ、既に全員が脱出済みですわ！』

幸い『秋水《しゅうすい》』が受けたダメージは空間歪曲航法装置――いわゆるワープエンジンのみだった。民間人の脱出は済んでいたし、通常エンジンにはダメージが無い。とりあえず最悪の結果は避けられた格好だった。

「二隻の輸送船は、その駆逐艦を隠す為のものだったのか………」

『そういう事になりますな。人間は目立つ物のすぐ傍《そば》には注意が向かない傾向《けいこう》がありますから、そこに隠すのが一番です』

二隻の輸送船を戦艦と駆逐艦に見せかけて注目を集め、本物の駆逐艦がその陰に隠れている。そして孝太郎達はラルグウィン側が逃げ出す事を想定せざるを得なかったから、結果的に戦艦だけを追っていってしまったのだ。

「だがそれだけでは俺《おれ》達には勝てない」

『そうですなあ。この戦力比、覆《くつがえ》すには何らかの策が必要です』

「認めるという事は、既に準備がある訳か」

『戦いというものは、得てして出撃《しゅつげき》前に決着が付いているものですよ』

孝太郎達はようやくラルグウィン一派を引《ひ》き摺《ず》り出す事に成功した。だがここまでの経《い》緯《い》から分かるように、簡単な相手ではない。戦力に倍以上の差があっても、勝利の保証は何処《どこ》にも無かった。

ネフィルフォランは『秋水《しゅうすい》』が攻撃《こうげき》を受けた直後から反撃《はんげき》を開始した。彼女は『秋水《しゅうすい》』を後退させると、自身の乗艦《じょうかん》『葉隠《はがくれ》』と他の戦艦に砲撃《ほうげき》命令を出した。

「全艦《ぜんかん》自動でレーザー砲撃を開始！　決して他の武器を使うな！　手動砲撃も避けろ！　輸送船を絶対に傷付けてはならない！」

グレバナスを乗せた駆逐艦は二隻の輸送船の陰にいるので、ビーム砲やミサイルは使えない。使えるのはレーザー砲だけだった。レーザー砲は強力な光で攻撃するものなので、狭《せま》い範囲をピンポイントで狙える。要するに見えている場所に当てられるという事だ。そして同じ理由で攻撃を止めるのも簡単で、輸送船に当たりそうになったら光を止めればいい。どちらもビームやミサイルには出来ない、優《すぐ》れた特徴《とくちょう》だった。

『ほう、良くこの隙間《すきま》を狙えるものだ。純粋《じゅんすい》に光だけで攻撃する武器だと聞かされてはいたが……こういう意味だったのか』

レーザーは期待通り輸送船の陰にいる駆逐艦だけに命中したが、大きなダメージにはならなかった。駆逐艦は不用心から輸送船の隙間に身を晒《さら》している訳では無い。その隙間は本来駆逐艦の側が攻撃をする為に必要なもので、攻撃をしない時には空間歪曲場で守られている。また守る範囲が狭くて済むので、空間歪曲場の強度は高い。宇宙戦艦に搭載されている大口径のレーザー砲であっても、簡単に撃ち抜《ぬ》ける様なものではなかった。

『これは我々の時代には無かった発想だ。実に興味深い……どれ、こちらも撃ってみるとしようか』

グレバナスは新しい知識と技術に触《ふ》れる喜びに打ち震《ふる》えながら、同じ武器で反撃を開始した。彼《かれ》の側にはそうする必要は無かったのだが、今の内に自分の手札を確認《かくにん》しておく必要があった。

『ほう……光を使う武器は扱い易《やす》さでは群を抜くが、エネルギーの消耗《しょうもう》が激しいという弱点もある。強い光は連発出来ないから、他の武器との使い分けや、エネルギーの源の管理が重要……青騎士《あおきし》はこういう攻撃手段を幾つも隠し持っていた訳か。無知とは大きな罪だな。無知であるだけで勝機を失う。道理で勝てぬ訳だ』

グレバナスはレーザー砲で砲撃を繰《く》り返しながら、その頭脳に現代科学を染み込ませていく。かつての彼にあった隙《すき》が、少しずつ埋まり始めていた。

――――グレバナスはあの駆逐艦と自分の魔法だけで我らを倒《たお》せると考えている。あるいは勝てなくても、ラルグウィン達が援軍《えんぐん》に来るまで持ちこたえられると。一体、何をするつもりなのだ……？

キリハは単独で出現した駆逐艦を目にした瞬間から、目まぐるしくその頭脳を働かせていた。だがどうしても所々で壁にぶつかる。それはグレバナスそのものが、未知の存在である為だった。グレバナスが強敵なのは分かる。だがキリハは初対面なのだった。

「真希《まき》、グレバナスはどういう魔法使いなのだ？」

壁を放置していては負ける。キリハは通信回線を開くと真希を呼び出し、グレバナスが魔法使いとしてどのような性質を持っているのかを尋《たず》ねた。

『グレバナスは純粋な魔法使《まほうつか》いです。ですが一番恐《おそ》ろしいのは魔法ではありません。彼の恐ろしさは豊富な経験と知識です』

二千年前には大魔法使いと称《たた》えられたグレバナスではあるが、やはり真に恐ろしいのはその頭脳と経験だった。魔法をどう使えば有利になるのか、そして敵を倒せるのか。グレバナスはそれを熟知している。だからこそ魔力《まりょく》だけならグレバナスを圧倒的に上回るアルゥナイアを使役《しえき》する事が出来た。魔法で戦う以上は、真っ向勝負など下策。ダークネスレインボゥのダーククリムゾンとは対極的な考え方を持っているのが、このグレバナスという人物の恐ろしさだった。

「まず知性ありき、か……」

『はい。つまりナナさんの同類という事です』

単純な魔力の量だけで言うと、ナナはレインボゥハートのアークウィザードの中ではそれほど秀《ひい》でた存在ではなかった。だがナナはその天性の戦術眼で、少ない魔力を効果的に使って他を圧倒《あっとう》した。それに対してグレバナスはナナのような天才ではなかったが、豊富な知識と経験があり、結果的にナナと同じ域に居る。真希はグレバナスとナナ、双方《そうほう》の戦いぶりを知っているから、グレバナスの危険性は全盛期のナナに匹敵《ひってき》すると考えていたのだった。

『それが怪物《かいぶつ》になって魔力も上がっちゃったと』

静香《しずか》は真希の隣《となり》で軽くストレッチをしながら、じっとグレバナスの駆逐艦を見つめていた。静香の経験上、純粋な魔法使いはやりにくい相手だった。そもそも何をしてくるか分からないし、戦い方も噛《か》み合わない。かつて静香はダークオレンジと戦って酷い目にあったので、純粋な魔法使いには苦手意識が強かった。

『はい。非常に危険で戦い辛《づら》い相手です』

真希は重々しく頷《うなず》いた。二千年前に孝太郎と戦った時でさえ既に老齢《ろうれい》にさしかかり、身体能力も魔力も全盛期を過ぎていたグレバナス。そのハンデもリッチとして蘇生した事で克服《こくふく》された。今や魔力、知識、経験、身体能力と四拍子揃《びょうしそろ》い、大魔法使いの名に恥《は》じぬ存在となっていた。今のフォルサリア全土を探しても、彼以上の魔法使いは見付からないだろう。

『だが儂《わし》の前に出て来たのが運の尽《つ》きだ。バラバラに噛み砕《くだ》いてくれよう！』

『ダールザカーさんの事で怒《おこ》ってるんだろうけど……………落ち着いてね、おじさま』

『分かっている。だからまだここでじっとしている』

魔力だけで言えば今でもアルゥナイアが大きく上回っている。だが、二千年前のグレバナスは隙を突いてアルゥナイアを支配下に置いた。そうなると現在のグレバナスは魔力が上がった分だけ、より危険な存在だと考えるべきだろう。ダールザカーの事で怒りを滾《たぎ》らせるアルゥナイアも、そこはきちんと理解していた。

「なるほど、敵になったレインボゥナナか……」

「買被《かいかぶ》りです。アークウィザードだった頃《ころ》の私は、あれ程《ほど》ではありませんでしたよ」

「だがその分、汝《なんじ》は科学技術に対する理解が深い。差し引きでそう大きな差があるとは思えない」

問題の駆逐艦は、全盛期のナナが指揮をしている前提で考えるべき――――キリハはようやく壁を越《こ》える手掛《てが》かりを得た。後は手探《てさぐ》りで対処していく事になるが、戦いが激しいものになるという事だけは、この時点のキリハにも想像がついていた。

同じ頃、孝太郎達《たち》はある問題を抱《かか》えていた。それは目の前にいるラルグウィンの宇宙戦艦とこのまま戦うべきか、それとも後退して艦隊と合流するべきかという問題だった。

『わらわの希望としては、このまま戦うと言いたい所じゃが――――』

ティアは器用に戦闘機《せんとうき》を操って追尾《ついび》してくるミサイルをかわしながら、自分の意見を述べた。孝太郎達が相談する間も敵は待ってくれない。孝太郎達を殲滅《せんめつ》しようと嵐《あらし》のような攻撃が続いていた。

『――――一度後退すべきじゃと思う。向こうはこの形でわらわ達を潰《つぶ》したいのじゃろうから、わざわざそれに付き合う必要は無いじゃろう』

ティアはラルグウィン一派の狙いを、孝太郎達を各個撃破する事だと考えていた。ラルグウィン一派の姿が見えなくなれば、どういう形であれ捜索の範囲を広げる為に孝太郎達は広く散らばる必要が出て来る。その時に姿を現し、一番近い者から順番に倒していけば戦力差があっても勝てる。好戦的なティアなので本音ではこのまま戦いたいのだが、勝利の為にグッと堪《こら》えた彼女だった。

「問題は背中を撃たれながら無事に合流出来るかどうかだろうな」

孝太郎も基本的にティアと同じ考えだった。このまま戦っても勝算はない。後退の一手なのだが、しかし戦闘《せんとう》においてはこの後退や撤退《てったい》が一番難しい。人間も艦艇も正面に攻撃するのは得意だが、後ろを攻撃するのは苦手だ。逃げる側は後ろにいる追手を攻撃しなければならないし、追手は単純に正面へ攻撃すればいい。そんな双方の状況《じょうきょう》が噛み合ってしまい、逃げる方が絶大な被害を出してしまうのだ。今回は特に逃げる孝太郎達が戦闘機等で、追手が宇宙戦艦。宇宙戦艦の絶大な攻撃力《こうげきりょく》で背中を撃たれる状況は、あまり考えたくはなかった。

『かくれんぼしかないと思う！』

『珍《めずら》しく「早苗ちゃん」と同じ意見です！』

シグナルティン経由で晴海に魔法《まほう》をかけて貰《もら》う。『オオヒメ』の霊子力遮蔽装置で気配を消して貰う。そうやってラルグウィン一派の追跡《ついせき》手段を誤魔化している間に、味方の艦隊と合流して立て直す――というのが早苗達の考えだ。早苗にしては珍しく論理的な考えだった。

「お前はどう思う？」

『あいつが出て来るまではそれでいいと思う』

三人目の早苗、『お姉ちゃん』はやはり灰色の騎士《きし》を警戒していた。魔法や霊子力技術で姿を消していても、混沌《こんとん》の力で追われてしまえば逃げ切れなくなる。既《すで》に経験している事なので『お姉ちゃん』は慎重《しんちょう》だった。

『参ったのう、身を隠す手も確実ではなさそうじゃ……おおっとぉっ！』

「このまま続けてもジリ貧……思い切った手が必要なようだ」

『キッ、キリハを連れて来るべきじゃったのう！』

周囲をミサイルが飛び回り、レーザーやビームが交錯《こうさく》する。個々の能力が高いので今は何とかなっているが、攻撃の方に手が回っていない。これで更に後退するとなれば危険は飛躍的《ひやくてき》に高まる。灰色の騎士が出てくれれば尚更《なおさら》だ。孝太郎達はリスクを承知で行動する必要に迫《せま》られていた。

キリハは正式にはネフィルフォランの『葉隠《はがくれ》』に乗り込んだ友軍の軍師に過ぎない。艦隊の指揮官はあくまでネフィルフォランだ。しかしネフィルフォランは魔法や霊子力を含む戦闘となるとまだ経験不足であり、キリハが全体の指揮を執《と》っている状態にある。だがネフィルフォランとしてもこの状態は悪くない環境《かんきょう》だった。皇家の出身であってもきちんと手順を踏《ふ》んで昇進《しょうしん》してきた彼女なので、今のところはまだ艦隊の指揮よりも戦闘の指揮の方が得意だったのだ。だからグレバナスが大々的に攻撃を開始した時、ネフィルフォランは迷わずキリハに艦隊の指揮権を委任、自身は『葉隠《はがくれ》』の指揮に専念する事にした。

『………ふむ、確か君達はこの手の方法で攻《せ》められると弱かったな』

グレバナスの第一手は非常に単純だった。グレバナスの駆逐艦は前進してきた。宇宙における戦闘では、最初に使われる武器がレーザーだ。真空中で光を使う武器なので、かなりの長距離でも正確に命中する。だがやはり連射性能と威力《いりょく》に限界があり、また空間歪《わい》曲《きょく》場で弾道《だんどう》を曲げられ易いという欠点もある。そこで近付いてビーム砲を使いたい。もっと言えば更に近付いてミサイルを使いたい。つまりより威力の高い武器を使う為に、敵に接近しなければならないのだ。だが通常はそれが難しい。こうした事情なので、宇宙での戦闘はお互《たが》いに接近させないようにしつつ、相手の死角の取り合いをするのが基本となる。それが分かっていて死角からの接近を許す筈がない。そもそも単騎《たんき》の駆逐艦を近寄らせる事などあり得ない。射程距離《しゃていきょり》では戦艦の方が駆逐艦よりも優れているからだ。なのにグレバナスは真正面から堂々と接近してくる。そしてそれに対して、キリハは砲撃命令を出せずにいた。

「やはりそう来るか」

キリハの表情は硬《かた》い。予想していた事だが、実際に目にすると怒りが湧《わ》く。

『当然ではないかね？　私は君達《きみたち》のように、この時代の交戦規定に縛られてはいない』

グレバナスは二隻の輸送船を盾《たて》にして進んで来ている。だからキリハは攻撃出来なかった。民間船を盾にするなど、通常は有り得ない行為《こうい》だ。戦争というものは何でも有りのように見えるが、実際は際限のない泥沼《どろぬま》に陥《おちい》らぬように、国際的な交戦規定がある。地球とフォルトーゼでは若干内容が異なるものの、それでも民間船を盾にする行為は、どちらの交戦規定でも禁じられていた。

「ひとでなしめ」

ネフィルフォランも腹立たしげに駆逐艦を睨《にら》み付ける。駆逐艦は二隻の輸送船に守られていてその姿が殆《ほとん》ど見えていない。彼女《かのじょ》の生家グレンダード家は歴史的に多くの将軍を輩《はい》出《しゅつ》してきた武門の家柄《いえがら》。ネフィルフォランにとっては絶対に許し難《がた》い行為だった。

『言い得て妙《みょう》だが、その通りだな。確かに私は人間とは言い難い。………ふむ、マクスファーン様ならここで笑うか。フハハハハハハハハッ！』

かつてのグレバナスなら、この防御《ぼうぎょ》方法は執らなかったかもしれない。親友のマクスファーンには忠実だが、グレバナス自身はそこまでの狂気《きょうき》を宿していなかった。だが蘇生を経《へ》て魂《たましい》が歪《ゆが》んでしまった今のグレバナスは違《ちが》う。自らが宿した狂気に狂喜《きょうき》していた。

「ネフィルフォラン殿《どの》、全艦に横に広がる様に指示を。今の密集した陣形《じんけい》では攻撃の為の角度が取れません」

「各艦に通達！　横陣展開、間隔《かんかく》を広めに取れ！」

前に二隻の輸《ゆ》送艦《そうかん》、その後方にグレバナスの駆逐艦が居る状態なので、フォルトーゼ側の艦隊が横に広がれば、どれかの戦艦から駆逐艦を攻撃出来るだろう。

「また各艦の判断で艦載機《かんさいき》を出撃させよ！　駆逐艦を自由にさせるな！」

ネフィルフォランはキリハの指示に加えて、艦載機——宇宙用の戦闘機の出撃を指示した。駆逐艦と戦艦を比較《ひかく》すると、唯一《ゆいいつ》優《すぐ》れているのが機動性だ。その利点を潰すには戦闘機を出すのが一番だった。彼女の命令に従って、『秋水《しゅうすい》』以外の戦艦から、次々と戦闘機が出撃していく。そして戦闘機群は駆逐艦と二隻の輸送船を、球状に包み込むようにして接近していった。

『……立体的な戦場は厄介《やっかい》だが、実に興味深い。ふむ、こちらも手をこまねいている訳にはいかんな』

そんな時だった。グレバナスの駆逐艦に異変が起こった。その姿が突然《とつぜん》、輸送船に変化したのだ。そして三隻になった輸送船は位置を入れ替《か》えながら引き続き前進を続ける。これに困ったのが接近中の戦闘機群だった。三隻とも輸送船になってしまったので、攻撃をする訳にはいかなくなってしまったのだ。

「攻撃を一時停止！　これより各機に画像の解析《かいせき》データを送る！　受け取るまで決して攻撃をするな！」

「キリハ様、解析データの送信を開始しました！」

だがキリハとルースは素早《すばや》く対策を用意した。記録映像を遡《さかのぼ》り、三隻になる前の映像を解析して、どれがグレバナスの駆逐艦なのかを特定。戦闘機群に送り届けた。戦闘機のコンピューターは受け取ったデータを実際の映像に反映し、グレバナスの駆逐艦にマークを付けて輸送船と区別が出来るようにした。

『これは参りましたな……人間以上に高度な記憶《きおく》。それを基盤《きばん》とした正確な考察。その結論や情報を共有。素早く、深く、そして広い。素晴《すば》らしい！』

三隻の輸送船は常に位置が入れ替わっているのでミサイルやビームでの攻撃は出来なかったが、戦闘機群はレーザー砲を使ってグレバナスの駆逐艦だけを攻撃し始めた。駆逐艦は空間歪曲場による防御をしていたが、そう長くはもたないだろう。だが何故《なぜ》かグレバナスの余裕《よゆう》は崩《くず》れない。その理由はすぐに明らかになった。

『こちら輸送船「海鱗《かいりん》」！　フォルトーゼ皇国軍、直ちに攻撃を止めて下さい！　我々を撃たないで！』

戦闘機群が攻撃したのはグレバナスの駆逐艦の筈だった。だが攻撃を受けていると伝えて来たのは、輸送船の船長だった。

孝太郎達は後退して味方との合流を考えていたが、もちろんラルグウィンがそれを許す

は進んでいなかった。彼は宇宙戦艦の武器で猛攻《もうこう》をかける一方、搭載《とうさい》されている戦闘機を発進させて孝太郎達を追わせた。孝太郎達はその攻撃を防ぐ事に忙殺《ぼうさつ》され、後退は思ったように
は進んでいなかった。

『ハハハハハッ、力の差が無くなった途端《とたん》これだ！　これまで貴様らは実力で勝っていたのではない！　技術の差で勝っていたに過ぎんのだ！』

「ええいっ、ルール無視がこれほどの差になってくるとは！」

科学、霊力、魔法、三種類の力を備えていたのはエゥレクシスも同じだ。だがエゥレクシスはあくまで戦争の大枠《おおわく》のルールは守った。エゥレクシスの目的はあくまで帝政《ていせい》を終わらせる事と、フォルサリアを堂々と帰還《きかん》させる事であって、国民を傷付けたい訳ではなかったからだ。エゥレクシスの表現を借りれば、悪には悪の咲《さ》き方《かた》がある、という事になるだろう。

だがラルグウィンはそうではない。彼らは孝太郎達とフォルトーゼ皇家を滅《ほろ》ぼす為なら何でもやる者達――――つまり咲き方を気にしないという事だ。そういう者達が孝太郎達とほぼ同じレベルで、三種類の力を操《あやつ》っている。かつてないほど危険で強力な敵だと言えるだろう。

――――力を出し惜《お》しみして戦える相手ではない！

孝太郎は覚悟《かくご》を決め、ウォーロードⅢに新たな命令を与《あた》えた。

「ラウンドテーブルシステムを戦闘モードで起動！　モーターナイト全機射出！」

それはティアとルースがウォーロードⅢに仕込んだ奥《おく》の手《て》だった。ウォーロードⅢにはマントを模した武装キャリアーが装備されているが、そこにはモーターナイトと呼ばれる六機のロボットが格納されていた。モーターナイトはウォーロードⅢと同じくＤＫＩの製品で、身長二メートルの全自動の人型戦闘ロボットだ。だがそれはティアとルースの趣味《しゅみ》で徹底的《てっていてき》に改造されており、既に原型を留《とど》めていない。孝太郎の命令に従って次々と発進していくモーターナイトは宇宙仕様に改造されており、腕《うで》と脚が取り外されて代わりに武器と大型の推進器が取り付けられている。おかげで本来のサイズよりも少し大きくなってしまったのだが、攻撃力と機動性は比べ物にならないほど高い。それらがラウンドテーブルシステムで連携してウォーロードⅢの手足のように戦う訳だ。本当ならもう少し秘密にしておきたかったのだが、出し惜しみしているような状況ではなくなっていた。また全自動の戦闘兵器は後退時の殿《しんがり》に最適だった。

『何やら新しい武器を出してきたようだが、そんなものでこの状況を覆せるとでも思っているのか!?』

「そう願いたいな！　………行けっ！」

エゥレクシスが使っていたモーターナイトは単純に同型のロボットが沢山《たくさん》おり、規律の取れた軍隊のように行動していた。だがティアとルースが改造した新しいモーターナイトは個々に役割がある。射撃《しゃげき》、接近戦、情報収集といった具合だ。どちらかというとウォーロードⅢの追加武装のような立ち回りになるだろう。言わば合体しないGOL、それが新たなモーターナイトの本質だった。

「早苗達《たち》を守れ！　攻撃は任せる！　ただしコックピットだけは狙《ねら》うな！」

『仰《おお》せのままにマイロード』

孝太郎の指示に従って、ラウンドテーブルシステムは攻撃を開始した。六機のモーターナイトは接近戦仕様で防御力《ぼうぎょりょく》が高い二機を先頭に押《お》し立て、猛然《もうぜん》とした勢いで突撃《とつげき》していった。

『速い⁉』

「俺《おれ》の天才科学者が言うには、最終的には戦闘兵器の弱点は、人間を乗せている事に行き着くらしいぞ」

宇宙戦艦《せんかん》のような大きさならともかく、一定以上に小さい戦闘兵器は人間を乗せている事が弱点になりますのよ――それはある天才科学者の口癖《くちぐせ》のようなものだった。人間は乗り物の加速力が地球の重力の十倍を超《こ》えると、血流に影響して意識を失う危険性があった。それを避けるには加速力に上限を設けるか、加速力を打ち消す為の空間歪曲技術が必要になる。だが前者は機動性を下げるのと同義、後者は装置を乗せる為に乗り物が大型化する事を意味する。つまり機体が小さければ小さいほど、機動性を確保する為には人間の存在が邪魔《じゃま》になるという事だ。ならば人間を乗せなければいいという事になるが、それは細かい戦術に対応できなくなるという事でもある。現代の戦争において、高機能のミサイルがあっても、それだけでは戦争が出来ないのと同じだ。だが孝太郎が操るウォーロードⅢには、その弱点を補うシステムが搭載されている。ラウンドテーブルシステムはもともと同時攻撃で相手の防御に負荷《ふか》をかける為の技術であるが、その同時攻撃を成立させる為に人間を排除《はいじょ》した事が、結果的に戦術と機動性の両立を可能としていたのだ。

『ラルグウィン様、敵機が速過ぎて攻撃を当てられません！』

『的も小さ過ぎます！　あのサイズに対応した武器がありません！』

六機の宇宙用モーターナイトが投入された事で、ラルグウィン一派は攻撃のペースが乱れ始めた。それもその筈、モーターナイトは戦闘機とは次元が違う速度で飛び回り、しかもサイズは何分の一かしかない。倒す為にはむしろ取り回しが良い対人レーザー砲が必要だろうが、そんなものを装備している宇宙戦艦も宇宙戦闘機も存在しない。対艦対戦闘機用の武器では、しゃもじで耳かきをするようなもので、モーターナイトの動きを捉《とら》える事が出来なかった。

「今の内に後退するぞ！」

『ホレみろ、わらわ達の改造が役に立ったではないか』

「皇女殿下《でんか》のご慧眼《けいがん》に、臣は感服しております」

『うむ、くるしゅうない！』

ラルグウィン一派が算を乱したのを見て取ると、孝太郎達はすぐに後退を開始した。一見無敵かに見えるモーターナイトだが、実は明らかな弱点がある。それは高機動と攻撃力を支えるエネルギーの消費量が多過ぎて、戦闘可能な時間が短いという事だ。これればかりはいかに天才科学者でもどうにもならない。物質世界におけるごく当たり前の制約であり、つまりは逃げるなら急ぐ必要があった。

「そしてこうだ！」

『そういう事ならおいら達も手を貸すホー！』

『霊子力遮蔽装置起動だホー！』

敵は魔法と霊子力技術を持っているから、それらを使って追跡される可能性があった。そこで孝太郎達は単に後退するのではなく、シグナルティンの魔法と『オオヒメ』の霊子力技術で身を守る。そしてそれらの力で姿が消えていく孝太郎達を、ラルグウィンは苛立たしげに見つめていた。

「まさか詰《つ》め切れなかったとは……」

「同じ技術を使っているのだ。時にはこういう事も起こるだろう」

そんなラルグウィンの所に灰色の騎士が姿を見せた。彼はラルグウィンとは違って落ち着いていた。科学と魔法と霊子力、全《すべ》てを備えているという事は、選択肢《せんたくし》の幅《はば》が増えて相手の隙を突くのが楽だという事。それは双方に言える事だ。灰色の騎士は三つの力に精通しているから、その辺りの事がよく分かっていた。

「呑気《のんき》にしている場合ではないぞ、灰色の！」

「分かっている。だから俺が出ようというのだ」

理想を言えば、グレバナスがフォルトーゼの艦隊を抑《おさ》えている間に孝太郎を倒したい。それが出来れば対フォルトーゼ戦略は大きく先へ進む。逆に逃《に》がしてしまえばグレバナスが危機に陥る。現在グレバナスが実行中の作戦は、早苗達に霊視をされると非常に厄介なのだ。また折角《せっかく》作った戦力的な優位も失われる。そこを理解している灰色の騎士は、自ら出撃して孝太郎達を足止めし、出来ればここで倒してしまう腹だった。本当ならまだ裏方に徹《てっ》していたかったのだが、自身の都合を優先して、グレバナスをこのタイミングで失う事だけは避《さ》けねばならなかった。

グレバナスの駆逐艦を攻撃した筈が、輸送船から攻撃を止めるように連絡《れんらく》が入った。自分達は輸送船を攻撃してしまったのだろうか――この奇妙《きみよう》な問題に、キリハ達は再度の混乱を味わう羽目になっていた。

『戦艦「雷霆《らいてい》」は戦闘能力三十パーセント低下！　「旋風《せんぷう》」は空間歪曲場の再起動まであと十五秒！』

『このままでは「秋水《しゆうすい》」はただの足手纏《あしでまと》いです！　むしろ前に出て盾になります！』

『被弾ブロックを消火剤防御《しようかざいぼうぎよ》！　「朧月《ろうげつ》」の火災は収まりましてよ！　でもキィ、このままだとまずいですわ！』

キリハ達はグレバナスの駆逐艦の変装を見破った筈だった。ルースとクランが記録映像を丁寧《ていねい》に分析《ぶんせき》し、どれが駆逐艦なのかを導き出したのだ。二人の分析が間違《まちが》っているとは思えなかった。であるにもかかわらず、駆逐艦を攻撃した時に、返って来たのは輸送船からの悲鳴。駆逐艦を攻撃した筈が、輸送船に命中していたらしいのだ。

――おかしい……恐らく我々は、何かを根本的に間違えている……。やはり早苗達を前に出し過ぎたか……。

流石《さすが》のキリハもこの状況には困惑《こんわく》を隠せなかった。そして三隻《せき》になった輸送船を見分ける事が出来ないでいた。おかげで彼女達は一方的に攻撃され続けている。駆逐艦に被《かぶ》せられた幻影《げんえい》は攻撃まで完全に隠し切っていて、どれが攻撃してきているのかが分からない。輸送船ごと撃ってしまえば良いのだろうが、キリハにはそれが出来なかった。必然的に防戦一方となった訳だが、幸いといって良いのかは分からないが、駆逐艦と戦艦の性能差のおかげで一気に倒されてはいない。だがたった一隻の駆逐艦に良いように遊ばれているのは紛《まぎ》れもない事実だった。

――まずいな、あっちは完全に主導権を持っていかれている……。

キリハ達の状況を直接見聞きしている訳ではないのだが、孝太郎は彼女達が苦戦している事を感じ取っていた。孝太郎には、シグナルティンの力がざわついているように感じられていたのだ。

普段《ふだん》のシグナルティンは、澄《す》んだ水をたたえた小川のように、穏《おだ》やかにしかし確実に力が流れているのだが、今はそこに乱れがある。水は泥《どろ》を巻き上げ、水面は大きく波打って時折水飛沫《みずしぶき》が上がる。それは少女達が動揺《どうよう》している事を意味していた。剣《けん》の中にある彼女達の生命力が、本人達の精神状態を反映して揺《ゆ》らいでいるのだ。これでは勝てるものも勝てなくなる。それはシグナルティンの力の話ではない。孝太郎は少女達が本来の力を発揮できずに、敗北に至る事を心配していた。そこで孝太郎は、普段ならなかなかしない事をする事にした。

――おいみんな、ちょっと落ち着け。

孝太郎はシグナルティンを介《かい》して少女達に呼び掛《か》けた。シグナルティンは魔力で彼女達の額の紋章《もんしょう》と繋《つな》がっている。その力を活性化させれば、少女達と言葉を使わずに話をする事が出来た。

――落ち着けって言われても、こう続けざまに色んな事が起こると、落ち着いてらんないのよ！

すぐに静香の焦《あせ》った声が返ってくる。それは孝太郎と同じく、言葉ではない心の声だった。また静香の心の声には駆逐艦と輸送船のイメージが点滅《てんめつ》するように重なっている。おかげで静香の動揺の深さが、孝太郎にもよく伝わっていた。そうした動揺は他《ほか》の少女達も同じであり、それを引っくり返すのが簡単ではないという事も同時に伝わっていた。

――それでも落ち着いて欲《ほ》しいんだ。みんなが望む未来があるのなら。

この時、孝太郎の心の声には静香と同じく何かのイメージが点滅するようにして重なっていた。そのイメージは孝太郎が望む未来だった。

ピタッ

その瞬間《しゅんかん》、あれ程激しく乱れていた力の流れが静止した。受け取り方は様々だったが、孝太郎の声とイメージで少女達の心が一瞬《いっしゅん》停止したのだ。この時孝太郎が見せたイメージは、少女達もまた望んでいるものであったから。同時に少女達の混乱した思考が洗い流され、一度頭の中がからっぽになる。そうなるほどショックは大きかった。一応戦闘中だったから、少女達の心が一時停止していたのはほんの僅《わず》かな時間だ。だが再び少女達の心が動き出した時には、それまでの混乱が嘘《うそ》のように、落ち着きを取り戻《もど》していた。またそれに伴《ともな》って、シグナルティンも普段通りの力の流れを取り戻していた。

――それを見せられたら、我らとしては勝つしかないな、里見孝太郎！

――そうして貰わないと困る。ともかくそっちは頼《たの》むよ、キリハさん。

――任せておけ、我らにも都合があるのでな！

それまでは砂が噛んだ歯車のように動きが鈍《にぶ》かったキリハの頭脳が、素晴らしい勢いで働き始めた。命を盾に取られて思考が硬直《こうちょく》し、考えが及《およ》んでいなかった部分にまで詳細《しょうさい》な検討が行われていく。キリハはすっかり普段の調子を取り戻していた。

「……そういえば、この可能性は考えていなかった」

そうしてキリハはある一つの可能性に辿《たど》り着く。それはグレバナスが得意とする魔法に関する事だった。キリハはそれを近くにいたナナに確認する。

「ナナ、グレバナスは死霊術《しりょう》と心術のエキスパートだったな？」

「ええ……そうか、心術!!」

ナナはキリハの言葉に頷きかけたところで、その質問の意味を悟《さと》って目を大きく見開いた。そんなナナにキリハは頷き返した。

「恐らくそうだ。グレバナスは二隻の輸送船の乗組員を心術で好きなように操っている。そして先程《さきほど》の言葉は乗組員に言わせた嘘。本当は攻撃は駆逐艦《くちくかん》に命中していたのだ」

それはグレバナスが仕掛《しか》けた罠《わな》だった。キリハ達は輸送船が外部から遠隔《えんかく》操作を受けていると考えていたのだが、実はそうではなく乗組員自体が操られていたのだ。そして先程の通信は、何らかの他の魔法が働いたと思わせ、キリハ達を混乱させるトリック。そのせいでキリハ達はありもしない魔法を疑い続けた。それはグレバナスの魔法使いとしての長い経験から導き出された、狡猾《こうかつ》な罠だった。


少し前まではキリハ達を励《はげ》ましていた孝太郎だが、今は他人を心配する余裕はなくなっていた。新たな敵が姿を現した為《ため》だった。

「何故あいつらは真《ま》っ直《す》ぐに俺達を追う事が出来るんだ？」

『謎《なぞ》じゃのう。まるでわらわ達の姿が見えておるかのようじゃ』

孝太郎達は敵の牽制《けんせい》をモーターナイト達に任せ、魔法や霊子力遮蔽《れいしりょくしゃへい》装置で身を隠《かく》して後退している。最初はそれで上手《うま》くいっていた。だが新手の敵の出現と共に、その手法が通じなくなりつつある。新手の敵は、一機の灰色に塗《ぬ》られた人型の機動兵器と、数機の戦闘機だった。どれもラルグウィンの宇宙戦艦から出撃した機体なのだが、彼らは魔法や霊子力遮蔽装置の効果を無視するように、少しずつ孝太郎達との距離《きょり》を詰めつつあった。

『……………あいつが来てるんだよ』

「あいつ？　例の灰色の騎士って奴《やつ》か？」

『うん。あいつには魔法や霊力《れいりょく》が殆ど効かないから』

新たな敵の先頭には、灰色に塗られた人型の機動兵器の姿があった。別の世界から来た早苗――――『お姉ちゃん』にはこの機体のパイロットに心当たりがあった。かつて早苗達と敵対していた、灰色の鎧《よろい》を身に着けた騎士。彼と戦った時、魔法も霊力もあまり効果がなかった。灰色の機体が同じ事をするなら、同じ人間が乗っている気がしたのだ。

「このペースだと逃げ切る前に追いつかれそうだ」

『わらわにはギリギリ逃げ切れそうに見えるが』

「モーターナイトのエネルギー切れが近いんだよ」

モーターナイトは小型で高機動、対艦攻撃力《たいかんこうげきりょく》もある。だがその優れた性能は、大量のエネルギー消費によって支えられていた。そしてもうすぐそのエネルギーが切れ、動けなくなる。そうなれば孝太郎達は大きな危機を迎《むか》える。その前に呼び戻して一緒《いっしょ》に戦う方が幾《いく》らか勝算が高くなる筈《はず》だった。

『ふむ、ならば致《いた》し方《かた》あるまい』

ティアはにやりと笑うと操縦している戦闘機を反転させる。ティアはそもそも逃げ隠れがあまり得意ではない。戦うというなら望むところだった。

「カラマ、コラマ、霊子力遮蔽装置を止めろ。戦いに備えて力を温存した方が良い」

『分かったホー！　遮蔽装置停止！』

『霊子力砲《ほう》、砲門《ほうもん》開放！』「早苗さん」頼むホ！』

『わ、分かりました！』

孝太郎達も機体を反転させながら、これまで姿を隠すのに使っていた魔法や装置を停止させる。新手の敵が追い縋《すが》ってきている以上、それらを使い続ける事はエネルギーの無駄《むだ》でしかなかった。

そんな孝太郎達に対して、敵の一団は十分な距離を置いて向かい合う。そして灰色の人型機動兵器が通信回線を開き、孝太郎達に呼び掛けてきた。

『ほう、戦う気になったか。悪くない判断だ』

聞こえて来た声は、感情を感じさせない淡々《たんたん》とした男の声だった。孝太郎にはどことなく聞き覚えがある声だったのだが、それが誰《だれ》だったのかが思い出せない。そしてそんな事を気にしている余裕もなかった。目の前には敵がいる。気を抜《ぬ》けば命に係《かか》わる。一旦誰《いったんだれ》の声なのかという疑問は忘れて、孝太郎は通信機の声に応えた。

「こちらにも色々都合があってな。………お前が早苗が言っていた灰色の騎士か？」

孝太郎の視線の先には、フォルトーゼ皇国軍が使っているのと同じ、身長五メートルの人型機動兵器があった。だがその機体には識別用のマークの類はなく、ただ灰色に塗られただけの飾《かざ》り気《け》のない機体だった。しかし不思議と存在感はある。孝太郎は何か嫌《いや》な予感がして、その灰色の機体から目が離《はな》せなくなっていた。

『そうだ。奇妙な成り行きだが………これもエネルギー的な平衡《へいこう》を求める必然か』

「何の話をしている？」

『戯言《たわごと》だ。特に意味はない。伝えるべき事は、俺がお前達を始末するという事だけだ』

灰色の騎士はその人型機動兵器に乗り込んでいた。そしてその周囲には、ラルグウィン一派の戦闘機隊を引き連れている。普段なら恐れるほどの数の敵ではないが、やはり灰色の騎士の存在が気になっていた。

「あとは時間稼《かせ》ぎか」

『そうだな。ラルグウィンが追い付いてれば話はより簡単になる』

「戯言に付き合おう。こちらもモーターナイトが戻ってくる為の時間は必要だ」

『……お前の王権の剣と、俺が使うこの渦《うず》の力は引き合い、対消滅しようとする。秩序《ちつじょ》と混沌、プラスとマイナス——ならば俺とお前が戦うのは必然だろう、という話だ』

「この剣と渦が、か……」

近くに来るとよくわかる。灰色の人型機動兵器からは、確かに混沌の渦の力が色濃《いろこ》く感じられる。ヴァンダリオンとの決戦の時に感じたものと同じだ。そして確かにあの戦いの時は剣と渦の力は互いに滅ぼし合った。真逆の性質を持つ力を操る者同士が呼び合い、戦い合うのは必然かもしれないという話は、孝太郎にも分からなくはなかった。

——しかしあの渦の傍《そば》にありながら、不思議と落ち着いた声だな……。

孝太郎がこれまで戦ってきた混沌の渦を使う敵は、誰もが激情型の人物だった。その激しい感情が渦から力を引き出していたのだ。それに対して、この灰色の騎士はまるで性質が異なっている。通信機から聞こえてくる声はこれまでの誰とも違う、落ち着いた声。これまでとは傾向《けいこう》が違う敵だった。

オオォォッ

だが孝太郎が考え込んでいられたのはそこまでだった。六機のモーターナイトが孝太郎のところへ戻ってきたのだ。それは戦いの始まりの合図。そして同時にタイムリミットのカウントダウンの開始でもあった。モーターナイトが後退した事で、ラルグウィンの戦艦がこれまで以上の速度で追って来る事になる。だから孝太郎達は戦艦が追い付いてくるまでに灰色の騎士を倒《たお》さねばならなかった。

「おしゃべりはここまでだな。いくぞ、灰色の騎士！」

孝太郎はウォーロードⅢに剣を構えさせる。すると剣からはまず白い光が溢《あふ》れ出し、それがやがて虹色《にじいろ》の輝《かがや》きに変わっていった。

――――虹色の契約《けいやく》が完了《かんりょう》しているのに、剣の形態はシグナルティンだと？　何故そんな事になっているのだ？

灰色の騎士は自らの機動兵器にも剣を抜かせながら、少しばかり驚《おどろ》いていた。孝太郎の剣がこの状態である事に驚いていたのだ。

――――しかし剣が完全ではないという事は、俺にとっては好機でもある。このまま勝たせて貰うぞ、青騎士《あおきし》……。

灰色の騎士が孝太郎を乗せたウォーロードⅢを睨み付けると、彼《かれ》の機動兵器が手にしている騎士剣《きしけん》が灰色の力をまとい始める。それはまるで剣に雨雲がまとわりついていくかのようで、次第《しだい》に剣の刀身の輪郭《りんかく》がぼやけて曖昧《あいまい》になっていった。

『望むところだ。俺にも勝たねばならん事情があるのでな！』

そうして孝太郎と灰色の騎士は互いに剣を構えて向かい合った。だが戦いの口火を切ったのはやはりこの人物だった。

『貴様らの都合なぞ知った事ではないわ！』

モーターナイトの帰還と同時に、灰色の騎士に狙いを付けていたティア。せっかちな彼女は無造作にトリガーを引き絞《しぼ》り、レーザー砲を撃《う》った。この時彼女が撃ったのは、一発あたりの威力がさほどでもない代わりに沢山のレーザーを発射できるという、いわばマシンガンタイプのレーザー砲だ。それをバラ撒《ま》くように発射したので、灰色の騎士にはかわせない筈だった。

『………代《かわ》り映《ば》えのない攻撃《こうげき》だ』

『なんとっ⁉』

だが灰色の騎士が剣を一振《ひとふ》りすると、レーザーの弾幕《だんまく》はまるで最初から存在していなかったかのように掻《か》き消されてしまった。とはいえレーザーは光の速度で飛ぶ訳なので、全体の何分の一かのレーザーはそのまま灰色の騎士に命中した。しかし全体の何分の一かでは単純な火力不足で人型機動兵器の空間歪曲場を破れなかった。

「いや、それでいい!」

しかしその時だった。剣を振《ふ》り抜いた状態の灰色の機動兵器の背中に、どこからか飛来したビームが直撃《ちょくげき》する。レーザーを防ぐ為に既に展開されていた空間歪曲場は、このビームが同時に着弾《ちゃくだん》した事で防御の許容量を超えてしまい、一時的に機能を停止。ビームは人型機動兵器の背面装甲《そうこう》を焼いた。

『RTSの応用か……なかなか面白《おもしろ》い使い方だ』

「お前が強いという話は早苗から聞いてる。どんな手でも使うさ」

ビームは射撃戦仕様のモーターナイトが放ったものだった。これにより決定的なダメージこそ与えられなかったものの、孝太郎達《たち》はRTS――ラウンドテーブルシステムを使う事で、灰色の騎士に対してダメージを与える事が出来ていた。

――凄《すご》いよキリハ、事前にちゃんと分かっていれば、シグナルティン以外でもあいつにダメージを与えられるんだ!

この時『お姉ちゃん』は大きく驚いていた。自分の世界にいた頃《ころ》、灰色の騎士にはほとんどの攻撃が通用しなかった。それは早い時期にクランやルースが渦に呑《の》まれてしまった事も大きかったのだが、情報が殆ど無い状態からのスタートだったのが一番の原因と言えるだろう。だがこの世界においては、『お姉ちゃん』が伝えた情報を手掛《てが》かりに、孝太郎達《たち》の攻撃は確実にダメージを与えている。『お姉ちゃん』にとっては驚きと安堵《あんど》とが交錯する光景だった。

『確かにこうして不意を討たれれば、渦の力は使い難い』

「ウチの頭脳班の読み勝ちだな」

実はこのウォーロードⅢとRTSは、キリハと真希が長時間の会議の果てに、灰色の騎士対策に使えるのではないかと結論して用意したものだった。混沌の渦が感情をトリガーにして力を発揮するものであるという事は、これまでの戦いの中で分かっていた。ならば完全な不意打ちであれば、渦から力を引き出す事は難しいのではないかと考えた。そこでRTSを使っての同期攻撃、更《さら》にはシステムを応用して反対側からの不意打ちを狙う、という作戦が立てられたのだった。

『実に良いアイデアだ。こちらでも採用しよう』

「なんだ⁉」

機動兵器の剣にまとわりついていた灰色の力が急激に膨《ふく》れ上がっていく。やがて膨れ上がった灰色の雲のような何かは、六つの塊《かたまり》に千切れて灰色の騎士《きし》の機体の周りを漂《ただよ》い始めた。

『うええっ、何なのあの気持ち悪いの！』

六つの塊を見た途端『早苗ちゃん』は表情を歪める。六つの塊は特定の何かの形をしておらず、あくまで灰色のぶよぶよとしたゲル状の物体だった。しかもアメーバのように変形しながら動いている。それだけならまだ大丈夫《だいじょうぶ》だったのだが、『早苗ちゃん』の場合はその内側で蠢《うごめ》いている醜悪《しゅうあく》な感情まで見えてしまう。それらを合わせると『早苗ちゃん』の目にはとても気持ち悪い物に映るのだった。

『そう嫌《きら》ってくれるな。こちらなりにＲＴＳとモーターナイトを真似《まね》してみたのだ』

「……………さしずめ混沌《こんとん》の騎士《きし》達ってところか」

『本来混沌には形がない。気味の悪い外見は許してやってくれ』

混沌の騎士達はぶよぶよと形を変えながら、灰色の騎士の機動兵器の周りを漂う。灰色の騎士を守ろうとしているのか、それとも孝太郎達の隙《すき》を探《さぐ》っているのか、その外見からは窺《うかが》い知る事が出来ない。だがそれが非常に危険な代物《しろもの》である事は間違いなかった。

『孝太郎っ、攻撃してっ！　あれに何かさせちゃまずいよっ！』

その危険を一番理解しているのはやはり『お姉ちゃん』だった。彼女はそれを経験しているし、霊視でもそのエネルギー量の高さは明らかだ。先手を取らねばまずいと、彼女はすぐに攻撃を進言した。

――あれっ……？

他の二人の早苗は混沌の騎士達《たち》に気を取られていたが、この時『早苗さん』だけは油断なく灰色の騎士を見つめていた。だから彼女は気付いた。

――あの人、今一瞬だけ『孝太郎』って言葉に反応したような……？

確証はない。他の何かに反応したのかもしれない。またほんの一瞬だったので、見間違《みまちが》いの可能性もある。だが『早苗さん』には『お姉ちゃん』が口にした『孝太郎』という言葉に反応して、灰色の騎士の注意がほんの一瞬だけ『お姉ちゃん』に向いたように見えたのだ。

『緊急《きんきゅう》警報！　虚数霊力《きょすうれいりょく》増大！　攻撃が来るホ！』

『じっとしていてはまずいホ！「早苗さん」回避《かいひ》をするホ！』

『は、はいっ！』

だが彼女がその事を深く考えている余裕はなかった。直後に灰色の騎士と彼が引き連れている四機の戦闘機《せんとうき》、六つの混沌の騎士が、一斉《いっせい》に孝太郎達に襲《おそ》い掛かったのだ。

「俺とティアで前に出る！　早苗達は距離を取って攻撃を！」

『あたしも前に出る！　二人だけじゃ危ないよ！』

「今攻撃を薄《うす》くする訳にはいかない！　三人で攻《せ》めろ、早苗！　お前達が頼《たよ》りだ！」

『う、うん、分かった！』

「よし、行くぞ、ティア！」

『心得た！』

迎撃《げいげき》する孝太郎達の側は、孝太郎とティアが前に出て敵の前進を防ぎ、残る三人の早苗は後方からの砲撃《ほうげき》に専念する攻撃的《こうげきてき》な布陣《ふじん》だ。本当ならもう一人二人前に出して防御的《ぼうぎょてき》にしたいのだが、宇宙戦艦が来る前に灰色の騎士を退ける必要があるし、混沌の騎士が何をしてくるかが分からない。防御や回避が得意な孝太郎とティアで前を支える以外に手はなかった。


高位の魔《ま》法使《ほうつか》いは、魔力《まりょく》を目で見る事が出来る。つまり魔力が放つ特殊《とくしゅ》な光を網膜《もうまく》で感じる事が出来るという事だ。またそれは同時に魔力が放つ光は目の水晶体《すいしょうたい》――レンズ部分――を通り過ぎる時に通常の光と同じ挙動を取るという事でもある。だから単純なレンズを使う望遠鏡なら、遠くにある魔力が見えるという事でもあった。

『完全に先進科学の敗北ですわね。デジタル式の望遠鏡がまるで役に立たないなんて』

「あはは、クランさんなら、いずれデジタル式でも魔力が見えるように出来るわよ」

「ここにアナログ式の大型望遠鏡が設置されているという事は、もう研究は始めていらっしゃるんですよね？」

『そうですわ。負けたままではいられませんもの』

静香と真希は『朧月《ろうげつ》』の観測室に居た。二人は観測室に入るなり、そこに幾つか備え付けられている大砲《たいほう》のような大きさの望遠鏡に駆《か》け寄った。望遠鏡はクランによって既《すで》に起動させられており、奇《く》しくも大砲と同じ仕組みで自動的に目標を捉え続けていた。現在の目標はもちろん、三隻の宇宙用の輸送船。そのうちの一隻が、魔法《まほう》で変装したグレバナスの駆逐艦である筈だった。

『それでどうでして？　三隻の輸送船に違《ちが》いはありまして？』

「ええと……クランさん、もう少しだけ拡大できませんか？」

真希が接眼レンズに目を当てると、三隻の輸送船の姿が見えた。三隻は時々位置を入れ替えながら、フォルトーゼ側の艦隊《かんたい》を攻撃してきている。時折『朧月《ろうげつ》』の近くで生じる閃《せん》光《こう》はその攻撃の結果だった。三隻が発射しているミサイルやレーザーは、三隻から離れてから姿が現れるので、どの船から発射されたのかは特定出来ていない。そこで魔力が見える真希と静香の出番となった訳なのだが、現在の望遠鏡の倍率ではまだ見える像が小さく、詳細に見分けるところまでには至らない。そこでクランは真希の求めに応じ、コンピューターを操作して望遠鏡の倍率を更に上げた。

「ストップ、見えました！　えっと……やっぱり魔法の傾向に若干《じゃっかん》の違いがあるみたいですけど……」

倍率が上がったおかげで、真希の目に輸送船の姿がよく見えるようになる。だが倍率を上げて遠くを見た時の光学式の望遠鏡の宿命か、輸送船の像は若干暗い。そのせいで細かいところまではっきりとは見えない。状況《じょうきょう》は静香も同じで、このままでは結論は出せそうもなかったので、静香はクランに尋《たず》ねた。

「クランさん、もうちょっと明るく出来ないかしら？」

『残念ながら、出来ませんわ。コンピューターで明るくする事は出来ますけれど、その時に魔力の放つ光が削除《さくじょ》されてしまいますの。魔力の放つ光を受け取れるカメラが無いものですから』

クランは静香の質問に首を横に振った。そしてこの事がデジタル式の望遠鏡が使えない理由でもあった。光学映像をデジタル映像に変換《へんかん》する際、魔力が放つ特殊な光を受け取れるカメラが存在しないので、デジタル映像に変換された時点で魔力の光がなくなってしまうのだ。だからデジタル技術を用いて画像を拡大したり、明るくしたりという事が出来ないという訳なのだった。

「こうしましょう。アウルビジョン！」

「そっか、こっちの目が良くなればいいんだ！」

この問題を解決すべく、真希が魔法を発動させた。その魔法は本来はフクロウのように夜の闇《やみ》を見通す為のものであったが、この状況にも有効だった。魔法は二人の目の性能を引き上げ、輸送船の姿を明るくはっきりと見えるようにしてくれた。

「………藍華《あいか》さん、これ、ちょっとだけ他と違うわね」

「どれですか？」

静香は内在するアルゥナイアの影響《えいきょう》で、人間としては特別に感覚が優《すぐ》れている。真希も比較的《ひかくてき》感覚に優れている方ではあるのだが、静香ほどではない。静香が気付いた違いは真希には読み取れなかった。

「あー………クランさん、自分が見ているものを他の人に伝える方法はありますか？」

『非科学的な方法でも宜《よろ》しければ』

クランは多少不機嫌《ふきげん》そうにそう言いながら、自身の額に意識を集中する。すると彼女《かのじょ》の額にオレンジ色に輝く剣の紋章が現れた。その直後、静香の額には黒の剣の紋章、真希の額には藍色《あいいろ》の剣の紋章が現れる。そして三人の額に剣の紋章が現れた時から、静香が見ているものが他の二人にも伝わるようになった。

「流石クランさん！　藍華さん、これよ！」

「あっ、大きな魔力の塊は、一つだけなんですね！」

真希の目には、三隻の輸送船に一つずつ、魔力の大きな塊があるように見えていた。だが静香の目にはそうではなく、大きな塊が一つと、小さな塊の集合が二つ見えていた。真希は小さな塊の集合を大きな塊と見間違えていたのだ。

「どう思う、藍華さん？」

「普通《ふつう》に考えると、大きいのがグレバナスで、小さい粒《つぶ》が操《あやつ》られている人って事になりますけれど」

魔力の大小で言えば、やはりリッチであるグレバナスそのものが大きな魔力を放っている。次いで駆逐艦に被せられた巨大《きょだい》な幻影だが、これはグレバナスの位置と重なっているので、結果的に見えていない。小さな光が大きな光の中では見えなくなるのと同じだ。

そして最後が輸送船の乗員を操っている精神支配の魔法。アルゥナイアを操っていたものと同系統だが、人間の魔法に対する抵抗力《ていこうりょく》は彼程《かれほど》ではない。また永続化した魔法でもないので、あの時ほどの大きな魔力は必要ない。乗員全員を操ってもグレバナスそのものが発する魔力には及ばない。

まとめると大きな魔力の塊が駆逐艦、小さな魔力の塊の集合が輸送船である、という結論になるのが普通だった。

「でもそうやって即断《そくだん》して一回騙《だま》された訳だし、もう一つぐらい何か手掛かりが欲しいところだわね。魔法はあの位置までは届かないの？」

「儀式化《ぎしきか》すれば何とか。ゆりかもいるし、多分届きます」

「それで行きましょっ！　クランさん、キリハさんやルースさんにも今の話を伝えてくれる？　あとゆりかちゃんにも」

『完全な科学の敗北ですわ……まったくわたくしは魔法使いじゃありませんのよ』

クランは再び額の紋章を使ってキリハとルースを呼び出した。細かい事情を話して聞かせるより、静香が見たものを直接彼女達《かのじょたち》にも見せてしまうのが一番効率的だった。


灰色の騎士は自身が操る人型機動兵器の他に、四機の宇宙用の戦闘機、そして六つの灰色の塊を従えている。それに対する孝太郎はウォーロードⅢとティアの戦闘機、三人の早

苗が宇宙船を一隻ずつ、そして改良型モーターナイトを六機従えている。どちらも兵力は十一で、数の上での差は無い。こうなると実力が未知数の灰色の塊が、戦闘《せんとう》の結末を大きく左右する事になるだろう。

『ええいアメーバども、どうやって移動しておるのじゃそれはっ！』

ティアはぼやきながら高速で移動する灰色の塊のうちの一つに狙《ねら》いを合わせ、素早《すばや》く操《そう》縦桿《じゅうかん》のトリガーを引き絞った。発射したのは対戦闘機用のビーム砲で、レーザーより威力《いりょく》が高く、反面弾速《だんそく》という点では劣《おと》るものの、距離が近ければどちらであっても回避される様なものではない。

『それになんじゃその回避は！　意味が分からんぞ！』

だがビームが命中する直前、灰色の塊はぐにゃりと身体《からだ》を変形させてビームの通り道を作り出し、回避してしまう。まるで最初からそこに来ると分かっていたかのような、曲芸じみた回避手段。ティアには信じられない出来事だった。

『ティア、あの気持ち悪いのに、あんたの霊波《れいは》が読まれちゃってるんだよ！』

『あんなぶよぶよが、霊波を読んでおるじゃと!?』

攻撃をかわされてしまう理由は、すぐに『お姉ちゃん』が教えてくれた。灰色の塊には霊波《れいは》を読み取る能力が備わっていたのだ。

『あんたは攻撃が正確過ぎるから、霊波が読めれば回避は簡単なんだよ！』

『ちぃぃっ、ならば少し散らすしかあるまい！』

ティアは戦闘の天才なので、狙った場所に攻撃を当てる事が出来る。だからティアが何《ど》処《こ》を狙うのかが分かれば、回避してしまう事は簡単なのだ。そうさせない為に、ティアは戦闘機のコンピューターに命じて照準のシステムにわざと誤差が入るように調整を施《ほどこ》す。こうすれば灰色の塊が変形してかわそうとしても、混入した誤差の分だけ回避は難しくなる筈だった。

『………ねえ「早苗ちゃん」、あの灰色の塊、なんだかおかしいよ』

『そりゃ変だよ。あんな気持ち悪いの』

『そうじゃなくてさ、なんて言えばいいのか………そう、ビームが発射された後に、ビームの性質が変わってるみたいなんだ』

『うそー!?　ずるいじゃん、そんなの!!』

また同じ頃、『早苗さん』と『早苗ちゃん』もまた、灰色の塊の特別な能力に悩《なや》まされていた。フォルトーゼでよく使われている重金属粒《りゅうし》子を発射するビームで攻撃してきた筈なのに、着弾の直前で霊子力ビームに変わる。あるいはレーザーだった筈の攻撃が、雷《らい》撃《げき》の魔法に変わる。おかげで防御《ぼうぎょ》の為に起動したバリアーが、しばしば空《から》振りで終わるというような事が起こっていたのだ。

『あんなものが科学と魔法と霊力を使い分けてるなんて………一体なんなんだろう、あのぶよぶよ………』

『はっきりしない奴らだなぁ、もぉぉっ！』

重金属粒子ビームのような霊子力ビーム。レーザーのような雷撃の魔法。途中《とちゅう》から変わっているのか、それとも最初からそうなのかは分からない。とにかく最初の見た目と効果が噛《か》み合わない。攻撃そのものが酷《ひど》く曖昧だった。それも灰色の塊が有利な方向に。

「あれも混沌の力という事か」

形も曖昧、攻撃も曖昧。その場その場の都合に合わせて力を発揮する。表現としてはおかしいかもしれないが、それは完全にコントロールされた混沌。これまで混沌の渦に呑まれた者達の戦い方とは明らかに違う。だが、妙に納得《なっとく》させられる戦いぶりだった。

『そうだ。お前が操る秩序の力とは対極にある力。混じり合った未分化の力。それだけに制御《せいぎょ》は難しいが、その威力はまさに暴力的だ』

孝太郎がこれまで戦ってきた者達は、ただ力を暴走させていた。コントロールさえも曖昧だったのだ。だがこの敵―――灰色の騎士は違う。混沌をコントロールし、積極的に曖昧さを利用しているように感じられた。

「対極の力……？」

孝太郎はウォーロードⅢの剣に目を向ける。その中に格納されているシグナルティン。孝太郎は自分で力をコントロールしているのではない。力は剣がコントロールしてくれていた。そして孝太郎の目は灰色の騎士が乗っている人型機動兵器の剣にも向けられた。

「という事は……もしかしてお前も、その剣が力を制御しているという事か？」

『察しが良いな、青騎士《あおきし》。それが俺《おれ》と、これまでのお前の敵との違いだ！』

灰色の人型機動兵器は両手で構えた剣を大きく振り上げた。

――やはり、間合いが取り辛《づら》い！

剣を振りかざして突っ込んでくる灰色の人型機動兵器は、その機体が陽炎《かげろう》のように揺らめいている。それもまた混沌の力。おかげで孝太郎は機動兵器との間合いが正確に読み取れない。

「ならば空間歪曲《わいきょく》場出力最大！　それと桜庭先輩《せんぱい》ッ！」

『はいっ！　里見君を守りなさいっ、シグナルティン！』

そこで孝太郎が選択《せんたく》したのは防御だった。ウォーロードⅢの左腕《ひだりうで》に装着された盾《たて》を正面に構え、そこに空間歪曲場とシグナルティンの力を重ねる。その強固な防御力《ぼうぎょりょく》で灰色の騎士の攻撃を防ぎ、反撃《はんげき》をしようというのだ。

『悪くない発想だ！　だがそれはこの一撃《いちげき》を止められなければ意味がない！』

ウォーロードⅢの目前までやってきた灰色の人型機動兵器は、両手で力任せに剣を振り下ろした。そこには剣の技など存在しない。灰色の騎士は純粋《じゅんすい》な力、猛《たけ》り狂《くる》う暴力を孝太郎に叩《たた》き付けた。

ガァンッ

「ちぃぃっ！」

孝太郎は狙い通り、その一撃を盾で受けた。狙い通りでなかったのはその威力だった。灰色の騎士は剣に全《すべ》ての力を込めていた。機体の腕力《わんりょく》、魔法、霊力、そして混沌の力。孝太郎も多くの力で身を守ろうとしていたが、反撃を考えていた分だけ全力という訳にはいかなかった。おかげで孝太郎は盾で剣を受け止めた格好のまま後方に押《お》されてしまい、即《そく》座《ざ》に反撃に移る事が出来なかった。本当はこうして盾で受ける事で、曖昧だった間合いを確定させる意味があったのだが、結果的には失敗だったという事になるだろう。

『やはりそこから反撃には移れそうにないようだな、青騎士よ！』

「お前だってこっちの防御を破れた訳じゃない！」

『どうかな！』

ギリッ

そこから灰色の騎士は思いがけない攻撃に出た。剣《けん》で孝太郎の盾を下に押しやる様にして、勢いのまま前に出る。すると灰色の騎士の人型機動兵器と孝太郎のウォーロードⅢの頭部が激しく激突《げきとつ》した。

ゴガァンッ

宇宙空間ではあるが、頭部同士の激突である為その音は双方《そうほう》の機体の内部に響《ひび》き渡《わた》る。しかも装甲で幾重《いくえ》にも反響《はんきょう》したから、それはまるで大きな銅鑼《どら》を打ち鳴らしたかのような激しい音となった。

「無茶苦茶《むちゃくちゃ》しやがる！」

『まだ青騎士《あおきし》！』

覚悟《かくご》がなかった分だけ、孝太郎のショックの方が大きい。そんな孝太郎の僅かな隙を見《み》逃《のが》さずに灰色の騎士は攻撃を続ける。頭突《ずつ》きの反動で僅かに距離が離れたので、胴体《どうたい》装備のマシンカノンを連射した。

ガガガガガガッ

マシンカノンの銃弾《じゅうだん》は孝太郎が咄嗟《とっさ》に引き上げた盾の表面を削《けず》る。

『防がれ――――違う!?』

「ここからっ！」

孝太郎はそのまま盾を正面に持ってくると、推進用のブースターを全開にする。孝太郎が盾を上げたのはガードの為ではない。孝太郎にはこの時、マシンカノンを防御する余裕《よゆう》などなかった。

ドコッ

孝太郎の狙いは盾を使った体当たり。盾はマシンカノンの銃弾を弾《はじ》き飛ばしながら、灰色の騎士の人型機動兵器の胴体に激突した。予想外の攻撃だったので、流石《さすが》の灰色の騎士も防ぐ事は出来なかった。

『無茶苦茶はお互《たが》い様《さま》だ、青騎士。盾を使って防御を無視しての攻撃とは』

弾《たま》を防ぐ事が出来たのは単なる偶然《ぐうぜん》だ。攻撃の為に出した盾がたまたま射線上に来たというだけなのだ。もし灰色の騎士の攻撃が別のものであったら、孝太郎は大きなダメージを負っていた事だろう。

「盾の攻撃は正規の技だ。お前は騎士を名乗っているのに、習ってはいないのか？」

この攻撃は演劇の為にティアから習った技の中にあった。フォルトーゼの伝統的な剣術《けんじゅつ》には盾を使った攻撃の技も少なくなかったのだ。

『……………騎士は騎士でも、お前と同じ道を辿った訳ではない』

「そうだな。もっともな話だ」

最近のフォルトーゼの騎士は銃《じゅう》に頼る者が多い。孝太郎やネフィルフォランのように接近戦にこだわる騎士は圧倒的《あっとうてき》な少数派なのだ。孝太郎はそれを多少寂《さび》しく思うものの、これも時代の変化なのだろうと思っていた。

「だが、俺はこのまま青騎士《あおきし》らしくやらせて貰《もら》うぞ」

『ならば……青騎士らしく死んで貰うとしよう』

距離を取った二人は、改めて向かい合い、剣を構え直す。孝太郎はいつも通りのフォルトーゼの伝統的な構え。灰色の騎士は剣術を無視した荒々《あらあら》しい構え。構えも戦い方もまるで違う二人だが、不思議とその実力は拮抗《きっこう》している。おかげで二人の戦いがどう決着するかは誰にも分からなかった。

キリハ率いるフォルトーゼ艦隊は遂《つい》にグレバナスの駆逐艦《くちくかん》を特定したのだが、いきなり攻撃する訳にはいかなかった。一度それで失敗していたからだ。そこでキリハが選択したのは、グレバナスの幻影《げんえい》の魔法を無効化する事だった。

「真希、儀式化した魔法で向こうの幻影を解除するのと、武器に無効化の魔法を込めて打ち込むのでは、どちらが勝算が高いと思う？」

『理想は儀式化した魔法で武器に無効化の魔法を込める事ですが、状況的《じょうきょうてき》にそれは難しいでしょう。そうなると儀式化した魔法で幻影を打ち破る方が勝算が高い筈です』

問題は艦隊とグレバナスの駆逐艦との距離だった。魔法は基本的に見える範囲《はんい》の相手に使用する技だ。先程《さきほど》のように望遠鏡を使う方法もあるのだが、魔法を使う際には杖《つえ》を構えて掌印《しょういん》を結ぶので、両手が塞《ふさ》がってしまって現実的ではない。地上では概《おおむ》ねそれでも問題はないのだが、宇宙はあまりに広大だ。目標が何キロも先にいるなどザラで、肉眼では到《とう》底捉《ていとら》えられない。

その状態で敵に魔法をかけようとするなら、方法は二つ。それは魔法を儀式化して直接攻撃するのと、武器に魔法をかけて敵に撃ち込み間接的に攻撃する方法だ。魔法を儀式化すると通常より長い詠唱《えいしょう》時間と儀式化素材を必要とするが、射程距離《きょり》に関してはほぼ気にする必要がなくなる。フォルサリアの記録では、儀式化した魔法で別の大陸にいる敵を倒した例が――膨大《ぼうだい》な儀式化素材と超長時間《ちょうちょうじかん》の詠唱を要したが――あった。もう一方の武器に魔法をかける方法は、その武器を命中させる事で魔法が発動する、魔法のミサイル版というような手法だ。最初にラルグウィンの宇宙戦艦《せんかん》を発見したのがこの方法だが、あの時とは違って、今回は武器による攻撃自体を防がれる可能性があった。あの時は身を隠《かく》していたせいで防御自体を行っていなかった——だからティアはレーザー砲撃を急いだ訳だ——が、今は空間歪曲場も対空レーザーも使う事が出来る。加えて今はグレバナスの魔法《まほう》による防御も考えられ、間接的な魔法による攻撃は通じない可能性が高かった。

そんな訳で儀式《ぎしき》化した魔法で幻影を正面から無効化する方向で決まった訳なのだが、決まってなお強硬《きょうこう》に反対する意見もあった。

『嫌ですぅ！　絶対嫌ですぅ！』

反対していたのはゆりかだった。彼女は既に儀式魔法を実行する部屋に移動していたのだが、何とかキリハに思いとどまって貰おうと必死だった。

『諦《あきら》めなさい、ゆりか。こうするのが一番だって、あなたにも分かってるでしょう？』

同じ部屋には真希の姿もあった。この二人で儀式魔法を実行し、グレバナスの幻影を打ち消すのだ。ちなみに晴海は使っている魔法の系統が違うのと、孝太郎のバックアップをする必要があるのでここにはいない。

『だってだってぇ、このまま突っ込むなんて聞いてないですようっ！』

『繰《く》り返す！　戦艦「葉隠《はがくれ》」の全乗組員に通達！　これより本艦《ほんかん》は衝角戦を敢行《かんこう》、敵艦《てきかん》に突撃《とつげき》する！　全乗組員は白兵戦用意！』

現在ゆりかと真希は、ネフィルフォランの宇宙戦艦『葉隠《はがくれ》』の中にいる。それも艦首《かんしゅ》付近にある大きな部屋だ。実は『葉隠《はがくれ》』には他《ほか》の皇族専用艦には無い、特別な武器が備え付けられている。それは衝角だ。衝角とは艦首から突《つ》き出た、槍《やり》のようなものだ。そして突撃してその槍を敵艦に突き刺《さ》すのだ。かつては宇宙戦艦は質量が大き過ぎて艦体が衝角戦の衝撃《しょうげき》に耐《た》えられなかったのだが、空間歪曲技術の発達と共にその技術的困難を克服《こくふく》。空間歪曲場で艦体を強固に支えての全力突撃は、およそあらゆる防御手段を打ち破る最強の攻撃となった。そして衝角は内側が空洞《くうどう》になっており、必要であれば兵士達はそこを通り抜けて敵艦内部に侵入《しんにゅう》、制圧する。敵艦に乗り移る為《ため》の手段としても衝角による攻撃は非常に便利だった。その乗り移りの直前に兵士達が集合する場所こそが、今ゆりかと真希がいる部屋だ。実際、多くの兵士達がこの場所に集まりつつあった。

『我《わ》がまま言わないで、ゆりか！　里見君が困るだけよ⁉』

『これじゃあ鉄の棒と大した違いが無いですぅ！』

ゆりかが言う鉄の棒というのは、大きく破損した宇宙戦艦の『青騎士《あおきし》』を再建するにあたって新装備として左腕の先端《せんたん》に鉄の棒を設置しようという、早苗が考えたアイデアだった。そこにゆりかを縛《しば》り付けて魔法を使わせようというのだ。それは酷くシンプルかつ効果的だが、非常にゆりかの負担が大きいアイデアだった。

『ユリカ様、もし御協力《ごきょうりょく》頂けるのならば、偽《にせ》の借金を作る事に当方も協力致《いた》しますが』

『ウッ!?』

ルースの提案にゆりかの表情が変わる。ゆりかは先日借金の返済が終わった。今はアークウィザードの正規の給与《きゅうよ》を満額で得ており、はっきり言ってしまうとお金持ちだった。だが今のゆりかはそれを喜んでいない。真面目《まじめ》な孝太郎に知られたら一〇六号室を追い出されるかもしれないと考えていたのだ。そんなゆりかに対してルースが提案したのが、フォルトーゼ皇家がゆりかの偽借金《にせしゃっきん》を作るというもので、書類の上ではゆりかは貧乏人《びんぼうにん》になる事が出来る。それは今の彼女にとってとても喜ばしい事だった。

『……………や、やります………………』

そうしてゆりかは半泣きになりながら、遂に折れた。自分の資産状況がちょっとしたミスで孝太郎にバレてしまうよりは、フォルトーゼ皇家に偽借金を持つ方がずっと安心だ。その為に彼女は衝角の根元で儀式魔法を実行する事に同意したのだった。

『キリハ様、行けます！』

「よくやってくれた！　ネフィルフォラン殿《どの》、始めて下さい！」

ルースの報告を聞くと、キリハの瞳《ひとみ》がきらりと輝く。実のところ、臆病《おくびよう》なゆりかを説得出来るかどうかが課題だった。そこをクリアした事で、ようやく攻撃を実行できるところまで漕《こ》ぎ付けた。ようやく辿《たど》り着いた反撃の時。キリハ以外の少女達も少なからず気分が上向いていた。

「よし、『葉隠《はがくれ》』全速前進！　目標はグレバナスの駆逐艦と思われる輸送船！」

ネフィルフォランは慣れた様子で淀《よど》みなく命令を下す。すると『葉隠《はがくれ》』は一気に加速、先陣《せんじん》を切って宇宙を突き進《すす》んでいく。もちろんその後には『朧月《ろうげつ》』を始めとする四隻《せき》の宇宙戦艦が続く。この四隻で『葉隠《はがくれ》』を守り、最終的に衝角戦に持ち込むのがキリハの作戦だった。

『何やら仕《し》掛《か》けてくるようだな……流石に簡単には勝たせて貰えんか』

「今度こそ仕留めさせて貰うぞ、大魔法使いとやら！」

キリハは戦況《せんきょう》を示す立体映像を睨《にら》み付けながら、いかにして勝つかの思索《しさく》を巡《めぐ》らせる。自信はある。だが敵は常にキリハの思考の穴を狙い、そこを魔法で攻撃してくる。幾重にも警戒《けいかい》は必要だった。

「副長、キリハさん、ここは頼《たの》みます」

「行ってらっしゃい、連隊長」

「武運を祈《いの》ります、ネフィルフォラン殿」

「ありがとう！」

そしてネフィルフォランがブリッジを後にする。ここからは艦隊の指揮はキリハ、『葉隠《はがくれ》』

の指揮はナナが担当する。ネフィルフォランは衝角戦後に突入《とつにゅう》部隊を指揮する。適材適所を考えるとこれがベストだった。

「距離《きょり》が詰《つ》まってきました！」

「よし、『雷霆《らいてい》』と『旋風《せんぷう》』を前へ！　それと艦載機《かんさいき》発進！　流石に向こうも仕掛けて来るぞ！」

敵までの距離が数キロになると、両陣営《りょうじんえい》の動きが慌《あわ》ただしくなる。このくらいの距離になるとミサイルやビームがそう時間をかけずに命中するようになるからだ。また宇宙用の戦闘機も使い易《やす》い距離だ。これまでの戦いは主にレーザーや長距離《ちょうきょり》用のミサイルだけの単調な戦いだったが、ここからは様々な武器が飛び交《か》う派手な戦いになる。もちろんこれはグレバナスの方も同じだった。

『フム、向こうは小型の宇宙船を出してきたか。あれと同じ物は、この船にはどれだけ積んであるのだね？』

敵――フォルトーゼ側の艦隊の接近に気付いたグレバナスは、ブリッジにいる艦長《かんちょう》に尋ねた。聡明《そうめい》なグレバナスも、まだ現代の技術を完全に把握《はあく》している訳ではない。

「………駆逐艦ですので、三機しか積んでおりません」

艦長は慎重《しんちょう》に言葉を選んでそう答えた。味方だと分かっているが、やはりグレバナスの姿には恐怖《きょうふ》を感じずにはいられない。またこれまでの戦いぶりもその恐怖を増加させている。グレバナスは立て続けに得体の知れない事を引き起こしている。艦長は悪夢の中に踏《ふ》み込んだかのような気分を味わっていた。

『三つか……最終局面では使えるかもしれない。準備はさせておきなさい』

「ハッ！」

『そろそろこちらのタイムリミットでもある。やれるだけやってみるとしよう』

実のところグレバナスも綱渡《つなわた》りのような状況が続いていた。戦力差は明らかで、それを魔法と策略で誤魔化《ごまか》しているに過ぎない。グレバナスにはまだ幻影を見破られていない自信はあったが、それはフォルトーゼの艦隊を倒《たお》せるという意味ではないのだ。だが敵の艦隊が接近してくるとなればそうも言っていられない。勝つ為の工夫《くふう》が必要だった。

そして同じ頃、キリハ達の方でもある事の準備が整いつつあった。

「真希、そちらの状況は？」

『詠唱の完了《かんりょう》まであと十五秒ほどです。ゆりかが相当頑張《がんば》ってくれました』

「よし、攻撃《こうげき》開始十五秒前！」

『カウントダウンを開始します。十二、十一、十秒前、九、八……』

グレバナスの側からは相変わらず攻撃が続いていた。その攻撃は『葉隠《はがくれ》』を守るべく前に出てきた二隻の戦艦が何とか防いでくれている。だがキリハ達はまだ反撃に移れない。どれがグレバナスの駆逐艦なのかは薄々《うすうす》分かっていても、万が一があるからだ。しかしその我慢《がまん》もあと数秒。ゆりか達の魔法が発動すれば、攻撃の機会が回ってくる筈《はず》だった。

『三、二、一、ゼロ！』

『儀式化ディスペルマジック、発動します！』

ルースのカウントダウンが終わると、ゆりかと真希の魔法が発動した。すると『葉隠《はがくれ》』の衝角が黄色い光に包まれ、その光は衝角の先端から飛び出して光の矢となった。黄色い光の矢は一気に宇宙を駆け抜《ぬ》け三隻の輸送船を包み込む。次の瞬間《しゅんかん》には、それらを覆《おお》っていた幻影の魔法を全て打ち消した。

「攻撃待て！　やはりもう一段幻影の罠《わな》があったか！」

キリハの予感は当たっていた。彼女達が駆逐艦だろうと目星を付けていた輸送船は、本物の輸送船だった。実際にはその隣《となり》にいた輸送船が駆逐艦だった。もし儀式魔法で幻影を打ち破らなければ、輸送船を撃沈《げきちん》してしまっていただろう。

『まさかこのような場所で儀式魔法とは……こちらの驕《おご》りが出たようだな』

「改めて攻撃開始！」

キリハはここで改めて攻撃開始を命じた。駆逐艦は幻影の守りを失い、キリハ達の前に身を晒《さら》している。今こそ攻撃のチャンス。『葉隠《はがくれ》』とその脇《わき》を固める二隻の宇宙戦艦は装備されている兵器を一斉に発射した。

『いいやっ、まだだっ!』

輸送船の乗組員にかけられている精神操作の魔法はまだ健在だった。そこでグレバナスは再び彼《かれ》らを操り、輸送船をキリハ達の攻撃に対する盾にした。同時に駆逐艦が反撃を開始する。だが、それこそがキリハが待っていた瞬間だった。

『キィ、やはり貴女《あなた》は天才ですわ』

クランがそう呟《つぶや》くのと同時に、三隻の宇宙戦艦から発射された筈のビームやレーザー、ミサイルが全て消え失《う》せる。それらは晴海が幻影の魔法を使い、攻撃したように見せかけただけだったのだ。

「どうやらそれが駆逐艦で間違《まちが》いないようだな」

『それを確かめる為にこちらに攻撃させたのか!?』

そこへ大きく回り込んで来ていた『朧月《ろうげつ》』のミサイルが、グレバナスの駆逐艦の側面から姿を現す。このミサイルは本物。そして駆逐艦も本物。盾になる筈の輸送船は正面側に移動してしまっている。ミサイルはグレバナスの駆逐艦の側面に命中した。それだけであればまだ大丈夫《だいじょうぶ》だったかもしれない。空間歪曲場も健在であったので、ダメージは致命的《ちめいてき》なものではなかった。

『総員衝角戦用意！　対ショック姿勢！』

巧《たく》みな操艦《そうかん》で輸送船の隙間《すきま》を抜けた『葉隠《はがくれ》』は駆逐艦に向かって突進《とっしん》する。

『なんと!?』

『これで終わりだあぁぁぁぁぁぁっ!!』

ゴシャアアァッ

全速前進し、反撃で武器を使い、空間歪曲場でミサイルを防いだ事で、駆逐艦は一時的にエネルギーを全て使い切っている。そんな駆逐艦に『葉隠《はがくれ》』の衝角は防げなかった。

キリハとグレバナスの知恵比《ちえくら》べに決着が付いても、孝太郎と灰色の騎士《きし》の戦いには終わりの気配が見えていなかった。二人の力は拮抗し、一進一退の攻防《こうぼう》が続いていた。

『……………グレバナスが負けたか』

「自由になったこっちの艦隊が来るぞ」

『そうなる前にラルグウィンの戦艦がここへ着く。グレバナスは十分に時間を稼《かせ》いでくれた。お前達《たち》の負けだ』

だがそれでも戦いの決着は迫《せま》っていた。グレバナスが負けた事でフォルトーゼの艦隊は自由になった。だが艦隊がこの場所へやってくる前にラルグウィンの戦艦がこの場所へ辿り着いてしまう。そうなれば圧倒的な火力差で、孝太郎達は倒されてしまうだろう。

「その前に終わらせる」

『そうはいっても、モーターナイトはもう限界の筈だ。モーターナイトがあってこそ互角《ごかく》だったお前達だ。なしではお前達は一気に崩壊《ほうかい》するだろう』

高機動で高攻撃力《こうげきりょく》、ラウンドテーブルシステムによる効率的な運用。その優れた利点を支えている欠点が、膨大なエネルギー消費。どんなものにも現実という制約はある。技術が同等なら、強力なものを長時間維持《いじ》出来る筈がないのだ。実際、ＲＴＳに表示されているモーターナイトのエネルギー残量はどれもゼロになっている。既にエネルギーは尽《つ》きているか、システム的にゼロと判断されるほど少ないという事だ。もはやモーターナイトを戦力として数える事は難しい状況だった。そして灰色の騎士が言った通り、孝太郎達が互角に戦えていたのはモーターナイトがあってこそ。敗色は濃厚《のうこう》だった。

『ハッハッハ、要するに貴様は負けたのだ、青騎士《あおきし》！』

ラルグウィンはまだ到着《とうちゃく》していないが、通信機を通じてその声は届いている。ラルグウィンは勝利を確信していた。彼が考えた、孝太郎達《たち》を分断して戦力に偏《かたよ》りを作り、弱い方を確実に殲滅《せんめつ》するという作戦が功を奏したのだ。

「まだ分からん！」

待っても状況は悪化するばかりだ。孝太郎は自身のウォーロードⅢで灰色の騎士の人型機動兵器に斬《き》りかかりながら、ＲＴＳ経由でモーターナイトに攻撃を命じる。だが実際に動いたのは三機だけ。他の三機はエネルギー切れで停止してしまっていた。

『参ったのう、完全に向こうの策に嵌《はま》ってしもうたようじゃ！』

『だからって降参する訳にはいかないよ！　戦うしかないんだよ！』

ティアと早苗達も不利な状況は分かっている。停止したモーターナイト三機分、彼女達が無理をしなければならない。だがそんな無理を長くは続けられない。孝太郎と少女達は、いよいよという状況に追い込まれていた。

『観念しろ――――と言っても、やめられる筈もないか』

「その通りだ！　俺は青騎士《あおきし》だからな！」

ガッ

孝太郎が振《ふ》るった剣が、灰色の騎士の剣と激突する。両者はやはり互角だったが、周囲の戦いには差が出始めていた。混沌《こんとん》の騎士――――灰色の塊《かたまり》は数が減ったモーターナイトを確実に仕留《しと》めていく。孝太郎と灰色の騎士が三度剣《みたびけん》を打ち合わせる間に、残る三機のモーターナイトも機能を停止していた。

『孝太郎！』

『すぐに助けに行く、待っておれ！』

三人の早苗とティアは、四機の戦闘機《せんとうき》と交戦中だった。だがこの四機もやはり魔法《まほう》や霊子《れいし》力技術で改造されており、簡単には勝たせて貰えない。ティアと『早苗さん』は総合力で相手を上回っているのだが、残る二人が急場しのぎで持ち出した宇宙船であった為に、四機全体としては苦戦している。だから焦《あせ》る気持ちとは裏腹に、孝太郎を救いに行く事が出来ない。しかもモーターナイトを排除《はいじょ》した灰色の塊は、三つが孝太郎に、残る三つがティア達に向かっている。それぞれに戦力差を作り一気に終わらせる算段のようだった。

『もはやこれまでだ、青騎士。お前と仲間達は良く戦った』

「くっ………」

流石の孝太郎もこうなれば自分の敗北を感じ取っていた。だがそれでも戦うのはやめない。それが孝太郎の騎士道《きしどう》であるし、少女達を逃《に》がす為に最大限の努力をしたかった。これは少女達もそうで、自分の為というよりは多くの仲間の為に、そして身近な者達を逃がす為に戦い続けていた。

いた。

『ではそろそろ終わりにしよう』

灰色の騎士《きし》は人型機動兵器に剣を構えさせる。孝太郎も同じようにするが、左右と後ろに混沌の騎士が回り込んで来ている。言葉通り、灰色の騎士は戦いを終わらせようとしていた。

『案ずるな、別れはそう長くはない』

灰色の騎士はぶよぶよと蠢《うごめ》く混沌の騎士を引き連れて孝太郎に斬りかかる。孝太郎はそれをさせまいと剣と盾を構えて突進する。そんな孝太郎を守ろうと、ティア達《たち》が誘導《ゆうどう》ミサイルを発射して援護《えんご》するが、混沌の騎士達がそれを撃《う》ち落としてしまう。モーターナイトの不在はやはり大きかった。

「させるものかぁっ！」

『結末は見えている筈だ！　お前達の――――』

そしてもう一度孝太郎と灰色の騎士の剣が触《ふ》れ合おうとした、その時だった。

ビー
突然《とつぜん》、灰色の騎士が乗った人型機動兵器と、彼の指揮下にある四機の戦闘機の動きが止まった。システムがダウンし、操縦も出来なければ外の様子を見る事も出来なかった。

『操作不能っ!?　カメラも停止!?　バックアップまで全部か!?　一体何が起こったのだ!?』

システムが全てダウンしているので、灰色の騎士の焦ったようなその声も、機体内に反響しただけだ。だがすぐに緊急用《きんきゅう》の独立した通信システムが起動し、同じく焦った様子のラルグウィンの声が飛び込んできた。

『コンピューターウィルスだ！　通信ネットワークを介《かい》して急激に広がっている！』

『一体何をやっているのだ、すぐに立て直せ！』

『してやられた！　クラリオーサ皇女がこの手の工作に優《すぐ》れている事を忘れていた！』

『馬鹿《ばか》な―――』

灰色の騎士が急に何も出来なくなったのは、通信ネットワークにウィルスを撒《ま》かれた為だった。ラルグウィンはそれをクランのせいだと直感していた。かつてのフォルトーゼの内乱でクランがネットワークに侵入したという記録を見た事があったのだ。だが何の準備もない状態でここまでの事が出来るとは、流石に想像していなかった。

「でかしたクラン！　今日ばかりはお前の言う事を何でも聞いてやる！」

ジャキイィイィン

もちろんこの隙《すき》を逃《のが》す程《ほど》孝太郎達は甘《あま》くない。灰色の騎士の人型機動兵器は手足を叩き切られ、戦闘機もあっという間に戦闘不能に追い込まれた。六つの混沌の騎士は健在だったが、灰色の騎士が周りが見えない状態では散発的な攻撃を繰り返すばかりで、連携《れんけい》した動きにならない。程《ほど》なくそれらも排除された。

「……………お前には詳《くわ》しい話を聞かせて貰うぞ！」

灰色の騎士の人型機動兵器は既《すで》に戦闘不能で動けない状態にある。孝太郎は彼を捕《つか》まえて連れ帰り、細かい事情を聞くつもりでいた。別の世界とはいえ、やはりクランや真希が混沌の渦《うず》に呑《の》まれたという話は無視出来なかった。

『そういう訳にはいかない！』

『まずい！　孝太郎、やっつけて！　逃げられる！』

「なんだと!?」

『もう遅《おそ》い！』

だが孝太郎は彼を捕《と》らえる事に失敗した。その直前で、灰色の霧《きり》とも煙《けむり》ともつかない何かが人型機動兵器ごと彼を包み込んでしまった。そしてその灰色の何かが消えた時、そこにはもう人型機動兵器の姿はなくなっていた。

後になって分かった事だが、クランが敵部隊のネットワークに侵入出来たのは、厳密には彼女《かのじょ》の頑張りによるものではなかった。『葉隠《はがくれ》』が衝角戦でグレバナスの駆逐艦を破壊《はかい》した後に、クランが二隻の輸送船にアクセスした際、ネットワークのセキュリティコードが何処からか届いたのだ。それがあったからネットワークに侵入し、コンピューターウィルスを使う事が出来た。流石の彼女も何の準備もなく侵入は出来ない。あの逆転劇は決してラルグウィンの油断ではなく、イレギュラーな状況《じょうきょう》で発生したものだったのだ。

「……という事は、敵の中に味方がいたって事か？」

「味方と言えるかどうかは分かりませんけれど、少なくともあのタイミングでわたくし達が負けてしまう事を、都合が悪いと考える者がいた事は確かですわ」

クランもそれが何者の仕業《しわざ》であるのかは分かっていなかった。利害関係が一致《いっち》した何者かであるという想像をしている程度だった。そしてもう少し踏み込んだ想像をしていたのがルースだった。

「しかも恐《おそ》らく、とても慎重な人物だと思われます」

「慎重？　どういう事ですか？」

「セキュリティコードが送られてきたのは、クラン殿下《でんか》が駆逐艦にアクセスした時ではなく、その後の輸送船にアクセスした時なのです」

「………つまり使い捨てにするつもりの輸送船の方なら、裏切りが発覚しにくいと？」

「そう思います。だから慎重《しんちょう》だと考えました。同時にその人物は組織内の比較的《ひかくてき》上位に居ます。輸送船を拿捕《だほ》する時に、コードを仕込む事が出来た訳ですから」

「上位の人間なら、尚更《なおさら》慎重になるな。人数が少ない訳だから……」

セキュリティコードの出所は、輸送船を拿捕する作戦の指揮を執《と》った人物、あるいは指揮をした人物の近くにいる人物だろう。そういう人物でなければ、外部の人間にセキュリティコードを伝える仕掛けをする暇《ひま》も権限もない。そしてそれらが可能であるというだけで、ある程度誰《だれ》の仕業であるのかが特定されてしまう。だから駆逐艦への仕込みを避《さ》ける必要があった。コードの流出それ自体を、ラルグウィン達に気付かれる訳にはいかなかったのだ。

「グレバナスを始めとする魔法の関係者や、霊子力技術の関係者を巻き込んだ事で、一枚岩ではなくなったのかもしれませんわね」

「権力争いって事か?」

「ええ。ラルグウィン、グレバナス、灰色の騎士。あの個性の強い者達が、仲良くやっているとは思えませんわ」

「……そうかもしれないな」

孝太郎はクランの言葉に頷《うなず》くと、彼女の頭の上に手を乗せた。そして無言でその頭を撫《な》で始める。クランは一瞬《いっしゅん》だけ孝太郎の顔を見た後、目を閉じて軽く微笑《ほほえ》む。孝太郎はそれからしばらくクランの頭を撫で続けたが、その間も二人は何の言葉も交わさなかった。

「それで連中のその後はどうなんだ？」

「芳《かんば》しくない。フォルトーゼに向かったのは間違いないようだが、その足取りは不明だ。やはり直後に追えなかったのが痛かった」

クランが口を閉じたままだったので、孝太郎の質問にはキリハが代わりに答えた。衝角戦に前後してグレバナスは戦闘機で脱出《だっしゅつ》、灰色の騎士は霧とも煙ともつかない何かで消えた。その後、彼らはラルグウィンの戦艦に合流したようで、その戦艦は時空震《じくうしん》を残して姿を消してしまった。本当なら追跡《ついせき》装置を使って彼らの後を追いたかったのだが、ラルグウィン一派の戦艦よりも速く移動できる空間歪曲航法装置は『朧月《ろうげつ》』と『葉隠《はがくれ》』にしか装備されておらず、双方ともそこそこにダメージを負っていたので追跡する事が出来なかった。戦闘《せんとう》に勝利したのは間違いなく孝太郎達だが、無事にフォルトーゼに帰るという意味においては、ラルグウィン一派は辛《から》くも目的を果たしたと言えるだろう。

「そういえばコータロー、その事について母上から返事が来ておったぞ」

「見せてくれ」

ラルグウィン一派を取り逃した孝太郎は、仕方なくフォルトーゼ本国の協力を仰《あお》いだ。

空間歪曲航法は移動距離が長過ぎるせいで、航法装置の計算の誤差がそのまま移動時間の長さになる。特に人間が乗っているものなので、太陽に飛び込んだり、市街地に突っ込んだりする訳にはいかない。『朧月《ろうげつ》』や『葉隠《はがくれ》』が追跡を断念した理由も、戦闘のダメージの影響《えいきょう》でそこに不安があったからなのだ。ラルグウィン一派はそのリスクを少ないと考えて無視した訳なのだが、ティア達政権側がそれをする訳にはいかない。唯一《ゆいいつ》それが許されるのは、人を乗せていないもの、特に質量が小さい物体だ。その場合はどれだけ失敗してもやり直せばいい。気を付けねばならないのは市街地に突っ込む事だけなので、航路を工夫して人間のいる場所を避ければ比較的早く地球とフォルトーゼの間を移動できる。ティアが言う『母上からの返事』というのは、そうして送り届けられたエルファリアからのメッセージだった。

『おっほっほっほ、この美しい義理の母に頼《たの》み事《ごと》ですかレイオス様』

第一声は上機嫌《じょうきげん》な高笑い。そして同時に表示されたのは、口元を扇子《せんす》で隠して優雅《ゆうが》に笑うエルファリアだった。そんな彼女と向かい合った瞬間、孝太郎は不機嫌《ふきげん》になった。

「まだティアとは結婚《けっこん》してないぞ！　それに遊んでる場合じゃない！」

『怒《おこ》っているお顔が目に浮《う》かびますが、そこはいかにレイオス様といえどやるべき事をやっていただきませんと』

エルファリアは扇子を孝太郎の方に向けてぱたぱたと動かす。その時の彼女の顔はやたらと楽しそうだった。そしてそれは、孝太郎が口を開く直前まで続いた。

「………ご協力下さい、エルファリア陛下」

『お義母様は?』

「ご協力下さい、エルファリアお義母様」

『よろしい、全面的に協力致しましょう』

「おい、分かってるならしょうもない事を言わせるなよ!」

『オーッホッホッホッホッホッホ♪』

再びエルファリアは高笑いを始める。そのとても陽気な笑い声は、一〇六号室の和室に響き渡った。そしてティアは部屋の片隅《かたすみ》から、この時の孝太郎の様子を撮影《さつえい》していた。エルファリアにそうするようにと指示されていたからだった。

「………ティアミリスさん、あのエルファリアさんって録画なんですよね?」

そんなティアの背中に晴海が呼びかける。するとティアは撮影用のカメラを三脚《さんきゃく》に固定し、晴海の方へ振り返った。

「うむ、何日か前の録画映像じゃ」

「なのに里見君と会話が成立しているみたいなんですけれど………一体どうなっているん

でしょうか、お二人の関係って……」

今の孝太郎とエルファリアは面と向かって話し合っているように見えるが、実際はそうではない。エルファリアは一千万光年の彼方《かなた》に居て、今喋《しゃべ》っているのは記録映像。エルファリアがそうなるように喋っているだけなのだ。それはただの知り合いに出来るような事ではない。そこから深い繋《つな》がりを感じる晴海だった。

「わらわも以前から気になっておる。母上とコータローは、不思議な関係なのじゃ」

その事は晴海だけでなく、エルファリアの娘《むすめ》であるティアも以前から気になっていた。しかし本人に訊《き》いてもはぐらかされるだけで答えは得られない。だがどう見てもただ事ではないのだ、孝太郎とエルファリアのやり取りは。

「ただその中で……里見君、とんでもない事を口走りました、よね……？」

だが晴海の話の本題は孝太郎とエルファリアの関係ではなく、それが引き摺《ず》り出した孝太郎のある発言だった。

「うむ、言うたな。どえらい事を……サラッと言いよった」

「大方、その可能性があるから撮影しろと指示してきたのではありませんの？」

その事にはクランも気付いていた。そしてそれはクランだけではなく、今部屋に顔を揃《そろ》えているいつもの少女達と、たまたまお茶を飲みに来ていたナルファと琴理《ことり》、そしてナナも気付いていた。そもそもティアが撮影に使っているカメラはナルファのものなのだ。

「……そうかも、しれませんね……里見君、今の話の流れで、間違いなく言っちゃいましたよね。『まだ――』って……」

孝太郎とエルファリアの会話は続いている。おかげで孝太郎は自分が口走った爆弾《ばくだん》発言に気付いていない。気付いていないから少女達はその背中をただ見つめている。合計すると二十を超《こ》える少女達の瞳は、何かを期待するように輝《かがや》いていた。


エルファリアの映像の再生が終わり、一〇六号室で大騒《おおさわ》ぎが始まった頃《ころ》。一千万光年離《はな》れたフォルトーゼでもある騒動《そうどう》が始まっていた。奇《く》しくもその原因は同じ。エルファリアから連絡《れんらく》が届いた事だった。

「よっしゃあぁぁぁぁぁ!!　遂に戦いの時が来たあぁぁぁぁぁ!!」

その騒動の中心にいたのは、赤と黒を基調とする制服に身を包んだ長身の少女。かつては孝太郎達と死闘《しとう》を繰り広《ひろ》げた悪の魔法少女、ダーククリムゾンその人だった。

「やけに嬉《うれ》しそうじゃない、クリムゾン」

それに対して淡々《たんたん》と話しかけたのが、やはり緑と黒を基調とした制服に身を包んだ背の低い少女、ダークグリーンだった。彼女《かのじょ》はエルファァリアからの連絡には興味が無い。ただ親友のダーククリムゾンが嬉《うれ》しそうなのは良い事なので、その意味においては彼女も喜んでいた。

「待ちに待った戦いなのよ！　しかも相手は伝説の大魔法使《だいまほうつか》いって話じゃない⁉　相手にとって不足はないわ！」

エルファァリアからの連絡は新たな任務に関するものだった。ヴァンダリオン派の残存兵力が、地球で魔法や霊子力技術を得てフォルトーゼへ向かっている。その対策と、可能であれば撃滅《げきめつ》が彼女達《たち》に与《あた》えられた新たな任務。これまでの任務はほぼデスクワークだったのでクリムゾンは不満だったのだが、戦いを感じさせる新たな任務を与えられ、興奮と期待で目を輝かせていた。

「私はヤだなー。リッチなんてキモいしー、クサいしー、全然可愛《かわい》くないしー」

「そうですね、私も出来れば争いは避けたいと思います」

反対の意見だったのがダークオレンジとダークイエローー。オレンジは可愛いものが大好きなので、その意味では可愛さとは対極にあるグレバナスには近付きたくなかった。おかげで新しい任務の詳細《しょうさい》を聞いた時からオレンジのテンションは下がりっぱなしだった。イエローに関しては元々保守的な性格で、扱《あつか》う魔法も防御《ぼうぎょ》系が大半。そもそも戦闘は必要以上にやりたくないというのが本音だった。

「あんた達、ダークネスレインボゥ幹部の気概《きがい》は何処《どこ》へ行ったのよ!?」

「そうは言っても、ダークネスレインボゥはなくなってしまったわ」

「……今の私達は宮廷魔術師《きゅうていまじゅつし》」

どちらでもないのがダークパープルとダークブルー。大人の余裕《よゆう》のダークパープルと、いつもマイペースのダークブルー。二人とも任務に貴賤《きせん》はないという、実にしっかりした考えの持ち主だった。

「ああ……あの闘争《とうそう》に明け暮れた日々が懐《なつ》かしい……」

仲間の過半数から共感が得られず、クリムゾンは大きく肩《かた》を落とした。ダークネスレインボゥとしてフォルサリアの闇《やみ》を駆《か》け抜けた日々はもはや過去のもの。今の彼女達は、フォルトーゼ皇家に仕える宮廷魔術師だった。

「でもクリムゾン、監獄《かんごく》に繋がれたらもっと平和極《きわ》まりない生活だったんだから、不幸中の幸いと考えるべきではないかしら?」

「それは……そうなんだけど……」

パープルの穏《おだ》やかな言葉に、クリムゾンは渋々《しぶしぶ》といった調子で同意した。実は彼女達はエルファリアから持ち掛《か》けられた取り引きに乗った。本来なら内乱の片棒を担《かつ》いだ重犯罪者として処罰《しょばつ》される状況だったのだが、エルファリアは最終的には味方になってくれた事を重視して、彼女達に宮廷魔術師《まじゅつし》の地位に就かないかと持ち掛けた。彼女達が取り引きに乗る場合は、それまでの犯罪歴は抹消《まっしょう》され、フォルトーゼの国籍《こくせき》を得て新たなスタートを切る事になる。この提案は彼女達にとって、非常に大きな意味を持っていた。ダークネスレインボゥが設立当初に目的としていた、フォルトーゼへの帰還《きかん》を果たす事になるからだ。もちろん地球から魔法が流出する危険性が否定できなかったので、エルファリアとしてもこの取り引きには重要な意味があった。魔法による犯罪に備えて、フォルトーゼも国として魔法使いを獲得《かくとく》しておく必要があったのだ。

「良いじゃないクリムゾン。オレンジ達にやる気がないなら、全部あなたが戦って倒してしまえば良いのよ。敵が増えるのは嬉しい事でしょう?」

「あっ、グリーン、良い事言った! そうそう、そうよ! そうしよう!」

「………真耶《まや》とエゥレクシスが居なくなって、クリムゾンの手綱《たづな》を握《にぎ》る者がいなくなってしまった………ちょっと不安だわ………」

そうして両者の利害関係が一致し、ダークネスレインボゥの少女達はフォルトーゼの宮廷魔術師として再出発する事になった。彼女達のやる気にはムラがあるようだが、その手腕《しゅわん》に関しては疑う余地はない。これから彼女達はその絶大な力を振るい、ラルグウィン一派と戦う事になる。それはエルファリアが以前から用意していた対策の中では、非常に効果的な対策であると言えるだろう。

ラルグウィンは遂《つい》に青騎士《あおきし》の力の謎《なぞ》を解いた。そしてその力を手に入れ、青騎士達の追跡を振り切り、フォルトーゼへ帰還しようとしている。その矢先に、灰色の騎士がラルグウィンの私室を訪《おとず》れて奇妙《きみょう》な提案をした。それは拒《こば》む必要がある程の事ではなかったが、利益があるようにも見えなかった。だからラルグウィンはその意図を確かめる必要があると考えた。

「………本気か？　何故《なぜ》今更《いまさら》地球へ戻《もど》ろうなどと考える？　問題の少女は既に姿を現したのだろう？」

灰色の騎士が提案したのは、彼だけが地球へ戻るというものだった。だがラルグウィンにはその意味が分からなかった。灰色の騎士は最終的にはフォルトーゼへ向かうと言っていたし、地球で暗躍《あんやく》していたのは、灰色の騎士の故郷の世界からある少女が移動してくるのを待つ為《ため》でもあった。そして灰色の騎士がフォルトーゼへ向かう条件が整った今、地球へ戻るという彼の言葉は奇妙だった。

「予想外の事態が発生している」

「どういう事だ?」

「王権の剣《けん》――シグナルティンだ。虹《にじ》色の契約《けいやく》が成されているのに、真なる力を発揮していない」

灰色の騎士が懸念《けねん》していたのは、孝太郎のシグナルティンの事だった。剣は九色の光を宿していたが、何故《なぜ》か姿形がシグナルティンのままになっている。九色の光を宿しているなら、剣は真なる王権の剣へと形を変えている筈。そうなっていないのはとても奇妙な事だった。

「つまり……その理由を探《さぐ》るというのだな?」

「そうだ。それが後々、こちらの目的の障害になるかもしれない」

「分かった。そういう事情ならば仕方あるまい。止めはせん」

「そう言って貰《もら》えると助かる」

「迎《むか》えは?」

「いらない。こちらで何とかしよう」

話が済むと、灰色の騎士はあっさりとラルグウィンに背を向けた。もう興味が無い、そう言わんばかりだった。

「しかしシグナルティン………あれで不完全とはな。叔父《おじ》はどう転んでも青騎士《あおきし》には勝ち目がなかったという事か」

灰色の騎士は部屋の出口へ向かって歩き始める。ラルグウィンがその背に言葉を投げかけたが、反応せずに歩き続けた。

「だが分からんな。あれほどの力を持ちながら、天下を取ろうとしないとは………」

だが続いてラルグウィンが何気なく口にした言葉で、灰色の騎士の足が止まった。

「どうやら青騎士の騎士道精神だけは、認めない訳にはいかないようだ」

「………頑固《がんこ》で臆病《おくびょう》なだけだ」

滅多《めった》に感情を見せない灰色の騎士だが、この時の声には明らかに怒りの感情が滲《にじ》んでいた。だがそれが何に向けられた怒りなのかは、ラルグウィンにも分からなかった。

「貴様が言うと説得力があるな、灰色の騎士よ」

「それが全《すべ》ての問題だったのだ」

「自分の事は、自分が一番よく分かっている、か………随分《ずいぶん》と過酷《かこく》な道を歩んでいるな、青騎士殿《どの》」

「………その名はもう捨てた。今は見ての通り、灰色の騎士だ………」

その言葉を最後に、灰色の騎士はラルグウィンの部屋を後にした。その胸に秘《ひ》めた目的を果たす為に。すっかり灰色にくすんでしまった、青い鎧《よろい》に身を固めて。

ころな陸戦規定

NEW! 2011/8/30

第三十二条

ころな陸戦条約に批准した者は、フォルサリア魔法王国ブルータワー所属、魔法少女レインボウナナを子供扱いする事を禁じる。

第三十二条補足

そうやって禁じちゃう所が子供っぽいと思うんですよ。　さとみさぁんっ、もぉぉっ！　ユリカさん、ナナさんって昔からプライベートではああなんですか？　それがですねぇネフィさん、私もああいうナナさんを観るのは初めてなんですぅ。　そうでしたか、気持ちはよくわかります。　こう見えて私だって出るところは出てるんですからねっ!?　落ち着いてナナさん、どうどう！

あとがき

ご無沙汰しています、作者の健速《たけはや》です。今回もいつも通りに三十八巻をお届けする事が出来ました。外伝が二冊あるので、実はこの三十八巻でシリーズ四十冊目の大台に乗りました。これも皆さんの変わらぬ応援のおかげだと思います。まずはその事に御礼申し上げます。

なお、今回のあとがきもネタバレが含まれますのでご注意下さい。

さて三十八巻の内容ですが、遂に出て来ました三人目の早苗。最初期の四人の侵略者の中では一人だけ専用エピソードが二回となっていた早苗。実は三回目がこの位置にあったんですね。後半にならないと出せない話なので、彼女はこれまでちょっとだけ損をしていた訳ですが、ようやく三度目のスポットライトが当たりました。よかったよかった。ただやはり他の三人と同様、本筋と並行して進むのでこの巻だけでは三回目は終わりませんでした。灰色の騎士との兼ね合いもあるのではっきりした事は言えませんが、もう一、二冊はかかるのかな？　ともかく頑張ります。

そうそう、今回はせっかく三人になったので、私がお願いして巻頭のカラーイラストで三人を描いて貰いました。同じキャラ三人という要求に対し、ポコさん良い仕事をしてくださっています。でも厳密な話をするとこの構図には嘘があります。早苗が自分の身体から『早苗さん』を追い出したタイミングの筈なので、本来なら『早苗さん』が二人プラス三人目の早苗、という見た目のイラストになります。生身の身体はほぼ『早苗さん』の姿なので、いわゆる『早苗ちゃん』が居ない絵になってしまう訳です。二人の『早苗さん』は髪型には違いが出るかも、というくらいの差になるのかな。でもそれはとても勿体ないなぁと思いましたので、ここはあえて別々の三人にして貰いました。心理描写というか、イメージ優先というか。そういう感じだったという事でご理解ください。ただただ見たかったんや（笑）

そして今回の最後で、ようやく灰色の騎士の正体が明らかになりました。そうなんですね、彼なんです。孝太郎が剣に九色の光を集めたら、どうしてもやってきてしまう彼なのです。孝太郎が五十六億七千万回のループを繰り返すと――あるいはもっと多いかもしれませんが――どうしても彼の出現は避けられません。そうなると、それぞれに相反するエネルギーを持ち、しかも最大量を保有する者同士の戦いが生じる訳です。彼の視点ではどうしても孝太郎は障害になりますからね。

そして灰色の騎士の正体が彼だった事で、皆さんにも何故二十八巻と二十九巻であの話を先にやってしまったのかがご理解頂けたのではないかと思います。あの二冊の内容を今進行中の話と並行して進める場合、そろそろ真希とクランが消える頃です。そして物語と並行して徐々に人数が減っていき、何巻か先で孝太郎があの遺跡に至る訳です。並行させるとかなり話が長くなってしまう。しかもキャラが減った状態で何巻も進みます。皆さんのお気に入りのキャラクターは様々だと思いますので、イライラしながら長い事待つ事になる方もいらっしゃった筈です。

この巻で本作はシリーズ四十冊を突破しましたが、作品が今も継続しているのはあくまで結果論です。四十巻を超えてなお二十九巻の結論に届いていないのは大丈夫なのか、せめてあれだけは先にやっておいた方が良いんじゃないか、キャラの不在が長期化するのも避けられるんじゃないか――というような様々な事情がありまして、物語を『テーマ』と『事件』の二つに分離し、先に『テーマ』の物語を進める事にしました。その決断をしたのが二十五巻とか二十六巻の頃です。あの頃はこの先をどうするんだとバタバタしていた時期なので、あとがきの記述にもその迷いが見て取れます。あの時点では皆さんにまだ長く続くかもしれない事や、それに絡んだ方針転換の話をする訳にはいかなかったので、こういうややこしい事になっています。

そんな背景がありまして、本来予定されていた長い物語を二つに分離して再構成する作業を行い、現在の形での進行になりました。これは私が大作家ではなく、またＨＪ文庫も大編集部ではない為に生じた、安全対策のようなものです。作品がずっと続く前提での作品作りが出来なかったのです。それから何年も経って、幸い作品も継続されて『事件』の方が『テーマ』の方に追い付いてきました。本当に良かった。この意味でも読者の皆さんの支持が続いている事には感謝の念がたえません。重ねてになりますが、本当にありがとうございます。これからも頑張ります。

さて次の巻の話もしておこうかな。今回は宇宙で戦っていましたが、次は地上の話に戻ります。この巻の最後で灰色の騎士が言っていた通り、彼は吉祥春風市に戻ってシグナルティンが真の力を発揮していない理由を探ります。そうなると当然あの人が焦点になってきます。もちろん引き続き三人目の早苗もです。孝太郎達はフォルトーゼへ向かう準備をする傍らで、その対応にあたる事になるでしょう。発売はいつも通りなら十一月一日になるのかな？　どうだろう？　ともかく、それまでしばらくお待ちください。

そろそろ終わりにしようと思います。ページ数がなくなってきました。

最後にいつもの御挨拶を。

この巻を出版するにあたって御尽力頂いたＨＪ文庫編集部の皆さん、早苗を三人描いてと言ったら上手い具合に仕上げてくれたイラスト担当のポコさん、そして長いシリーズにお付き合い頂いている世界中の読者の皆さんに心から御礼を申し上げます。

それでは三十九巻のあとがきで、またお会いしましょう。

二〇二一年　六月
健速

単行本⑪～⑤巻
好評発売中!
原作／健速
キャラクター原案／ポコ
漫画／有池智実
六畳間の侵略者!?
5
堂々完結!!!

コミック版
漫画:六畳間の侵略者!?
コミックファイア
http://hobbyjapan.co.jp/comic/
にて掲載中!

HJ文庫 http://www.hobbyjapan.co.jp/hjbunko/
943

六畳間の侵略者!? 38

2021年7月1日　初版発行

著者――健速

発行者―松下大介
発行所―株式会社ホビージャパン

〒151-0053
東京都渋谷区代々木2-15-8
電話　03(5304)7604（編集）
03(5304)9112（営業）

印刷所――大日本印刷株式会社

装丁――渡邊宏一／株式会社エストール

Printed in Japan
ISBN978-4-7986-2533-1　C0193

ファンレター、作品のご感想お待ちしております

〒151-0053　東京都渋谷区代々木2-15-8
(株)ホビージャパン HJ文庫編集部 気付
健速 先生／ポコ 先生